逝水流年

远兰 著

北京日报出版社

图书在版编目（CIP）数据

逝水流年 / 远兰著. — 北京：北京日报出版社，
2023.11
ISBN 978-7-5477-4450-5

Ⅰ.①逝… Ⅱ.①远… Ⅲ.①散文集—中国—当代
Ⅳ.①I267

中国国家版本馆CIP数据核字（2023）第007256号

逝水流年

出版发行：北京日报出版社

地　　址：北京市东城区东单三条 8-16 号东方广场东配楼四层

邮　　编：100005

电　　话：发行部：（010）65255876

　　　　　　总编室：（010）65252135

印　　刷：三河市中晟雅豪印务有限公司

经　　销：各地新华书店

版　　次：2023 年 11 月第 1 版

　　　　　　2023 年 11 月第 1 次印刷

开　　本：710 毫米 × 1000 毫米　1/16

印　　张：16

字　　数：210 千字

定　　价：69.80 元

浑茫尘海中发掘心灵甘泉

一

桑梓代有才俊出，80后作家远兰推出首部散文集《逝水流年》。全书分"草木之流年""故乡之流年""流年之故事""流年之感情""节日之流年""流年之思索"六辑。所谓"流年"，就是如水般流逝的光阴、年华，作者反复咀嚼"流年"，浑茫尘海敞现，沧桑感油然漫溢，目标则指向未来。作者以散文样式记录了新千年以来，四季变化，生活变化，稍纵成"流年"的"身边世界"：这"世界"是作者置身的人生场域，脐连着现实乡土、求学和工作——人生的拓展，连接互联网，扩展至"身边世界"，并确立在做好本行工作的同时，"以文字（写作）立世"的精神方向，且迈出了坚实的步伐。人事皆沧桑成为"写字者"（即作家）的必要情怀，作家的历史（客体）意识由此显现；年轻作者以"流年"之况味自检自视，显出此书的独特风貌。

全书明快而温馨地向人们展示了一个简朴却浑茫的尘海世界，作者在此世界中的自我探寻、自我塑形，年轻一代对人的尊严、人的创造、人的价值从容而执着的追求，作家的主体精神——新世纪现代韵味尽在其中。

于是读者看到——我更感觉到，从乡土叙事角度，与40后、50后、

60 后、70 后等数代作家的乡土视野相区别,《逝水流年》显现了长处与局限熔于一炉的 80 后乡土体验或乡土观察。

二

　　这个世界是物序(如春夏秋冬、农历节令)、物象(如酷暑寒冬、黎明或黄昏)、物质(如鲜花、水果、菜园、故园、校园)和人(如乡土老人、亲人、恋人、青年学子)——形下的世界,在第一辑和第二辑体现较多,是作者进入并连接世界的通道;也是心象即情感、心灵和精神——形上的世界,在后几辑体现较浓郁,是她立足形下世界的精神升华,精神世界灿然展开。于是有她既形下也形上的对现实的感怀和感悟:"新时代的任何工作的细节,总是让她觉得有种不可思议的忙碌。""生活让我觉得困倦,有时候也让人觉得有些麻木。"困倦和麻木中的忙碌,就是迷茫中的忙碌,这是她对当下浑茫尘海的精准感觉。此书的精神质地由此突显。

　　在"忙碌""麻木"后正是人生被动和空转状态。于是她"用古人的诗句疗伤""读书写字会让人的心境变得平和很多,看待事情的角度会不一样,收获甚多"。最后归结于自己对文字即写作的感悟与自我鞭策,文字煮烟火,以笔叩世,以文立世。年轻作家朴素、从容、细腻,笔触由近而远、由人及己、由己及人,接地气地延展这个世界,浑茫尘海如在目前。因而此书具备了可贵的生活现实感和个人精神现实感——这正是新生代乡土作家常见的写作姿态。

　　物象心象相互转换,呈现繁复世界微妙的一面,由此彰显作家温婉而专注的独特笔力。数十年乡土生活和写作的经历,让我熟悉作者所描摹的山乡四时之景和家道情怀,但我感慨年轻的作者对山乡耽念之深,惊奇于她对世界"浑茫时刻"的幻变作出如此细密精确的描述,这固然体现出她老到的笔力，也表明她将乡土之爱、生活之爱和人生之爱熔为一炉——在浑茫世界和平凡工作里不同凡响，活出自己的精气神。

在《逝水流年》，夜晚站在桥下看县城灯火，辨识夜色朦胧中图画般的县城："一座城就像一个人，她有很多面，只要用心感受她的脉搏，便可以读懂她。疫情时，她是沉静的；平日里，她是百味的；白昼，她是热闹的；夜晚，她是安静的；霓虹灯下，她是妖媚的；阳光下，她是夺目的。"在《当我老了以后》，夜幕降临的时刻，在微微光亮中寻着艳丽的三角梅。作者联想，"当我老了，我也许也会像这黄昏一般，慢慢地退出闪耀光芒的世界"，但在事业的追求中，"还会像青春年少时那样泪流满面或者笑意浓浓"。在《春之叹》，从幽暗昏黄灯光中未发觉与妆台颜色融为一体的木梳，却突然在伸手可及中被发现了，这给人太多的人生哲理。我以为，从混沌世界做出深入细致的辨识，发现别致的美，需要精神基础，要有一颗发觉"那人却在灯火阑珊处"的敏锐心智。

其实，从作者出生、成长、读书和参加工作，故乡（乡村）、学校（中小学和大学）和县城（成家和工作）构成了她现实人生即现实世界基本的"三维"，层级分明，轨迹简约。然而，依持着现代风，凭着互联网，在她执守本职工作的同时，读书，思索，创作，检视别人也检视自己，记录亲友也记录自己，记录物化（形下）的浑茫景象，记录心灵（形上）的至情景象，生命和精神的触觉生发开来，在寻常的季节交替并感怀中，在景致的细密描摹中，她"对于文字有一种无言的热爱"，写散文，写教育随笔，还坚持写小说，慢慢地，她"发现文字真的有一种神奇的力量"，而享受到莫大的乐趣，写作于她是自己精神的存在，也是自己生命的存在，其精神维度显而易见。所以，精神视野宏开，奇妙而浑茫的世界在她笔下从容展开了，她捕捉稍纵即逝的变幻景色，而且能富有感情地进行追溯和描摹。就这样，在与世界亲和的接触中，她形成了自己的精神世界。

具备世界文学视野，由读写而成就自己精神世界的人，才能看到尘海之浑茫，进而在置身的尘海世界里感受到明光和温馨，人性和人情，并强化自己的精神执着。应该说，这是作家的艺术能力，更是作家的精神能力，由此区别于另一个作家。准确地说，作者在向成为"这一个"作家拓进中出手不凡。

三

　　应该说，一代人有一代人的乡土，但只要真正书写乡土，总会触碰到乡土中亘常的东西，就是基于乡民人性人心的平常理平常心，而所谓乡民，首先就是血亲及其派生的乡村情愫。像我们这样20世纪60年代下放乡土（从城镇进入陌生的乡土）的城镇知青，是从教科书及大集体的生产队（人民公社体制）层面感受乡村和中国农民的，由于当时语境和精神资源受限，对乡土的"前世"无所知，当然对中老年农民身上那种根性乡脉无所察。我在持续而坚韧的乡土写作——成为一个作家过程中，才发觉自己有既是生活也是精神的这一缺陷，同时以"读书、写作和田野作业"的方式克服自己这一短板，重新检视老年乡友的一些话语和行状，进而发现广袤的、动荡变化的、曾经涵养我们民族心灵的文化乡土。以21世纪初的乡土纪实《重返下放地》《底层的热力》为例，我是从"宏观生活中个人命运"实现与乡土的连接，社会结构、家庭结构、心灵结构的铺展和发掘是我乡土写作的通道。

　　但80后的远兰，她虽在山乡成长而与乡土缱绻不绝，以此书为证，她的笔下却不见人民公社体制衍生的诸种物象和心象——公社生产体制的影子，从作者人生阅历及写作角度，对包产到户改革开放的七八十年代未做涉及，当然可以归于她年轻又在外读书的缘故，也有她写作的当下语境变化而形成的要求或叫"遮蔽"。她只能从身边的爷爷奶奶、父亲母亲等亲人身上建立自己的乡村记忆，这应该是拥抱乡土的正途。也许她的上辈乡亲言说中会有所提及，但她没有相关感觉，随着"包产到户"，乡民思想大解放，勤劳智慧大释放，人潮大流动，成为新乡村生活的基本面，以亲情为基础的农人是人的原型。于是作者直率而真诚地把亲人和故园的描摹置于笔端，倒获得情有所寄的艺术效果。

《家乡的野菜》一文，把家乡常用的苦菜跟母亲的悉心制作和乡野大地连接起来。《爷爷和风筝》写了爷爷制作风筝的爱心和耐心，从而"给我们的童年染上了缤纷的色彩"，也就是注入了乡间童年的底色。又如《栀子花开　母爱飘香》写母亲的辛劳节俭，从青年到老年数十年如一日，不但抚育着子女，进城还关心乡下家里的鸡鸭，生怕饿着了它们。这不正是延续千年而未变的博大情怀吗？其实，作者已经触及了母亲情感和行状的社会内涵："母亲的一生受过太多的挫折，她曾和我们说过，以前没东西吃的年头，她那一辈的人吃过树叶。母亲小时候上学要走很远的路程……"《我的母亲》中，母亲向子女"诉说父亲的节省和抠门"，在那个年代，为渡过饥饿困苦，乡民把"乡土性"发挥到极致而烙在血液中、记忆里。

若要进入母亲这本"厚书"或乡土这本"厚书"，势必正面迎对并深掘"母亲"及乡亲的社会、历史和文化内涵，梳理其变化和变迁轨迹。了解"客体"及演变，这也是摆在作者——年轻一代作家面前的社会和艺术审美，即强化"主体"的必修课。

四

作者笔下的乡土着眼的是亲人朋友，他们身后的历史演变及情感变化隐而不见，仿佛乡土生活从来是"单家独户"的状态。借用朱羽《历史、形式与文化政治》的观点，所谓"文学性"，指涉了两重性：第一，文学参与构造实践——它是实践中的一个环节，没有文学，现实完整的经验形态将不一样；第二，文学可以再现实践自身隐而未现的部分——危机、悖论、难题，也构成了某种可能的世界，这些"议题"可解决，向当下敞开。在这个意义上，它既是历史又不只是历史。因为非虚构的美学设计要求作家进入真实领域，根据第一手材料来讲述自我的观察与体验。显然，作者散文写作的文学实践在"再现实践自身隐而未现的部分"，即第一手资料。

作者"发掘心灵甘泉"更富有庄重的意味，整体性的历史文化视野更应该是她的精神"甘泉"。

五

同样是浑茫尘海中描写物象变化，作者与自我精神修炼、自我工作和写作定力相联系。《南湖，心灵的沉静之行》写道："远处的山，在月色和星光的映衬下如一幅抽象画，没有白天的一目了然和绿色肆意，却让我看到了它此刻的沉静与豁达。"这是从大自然和尘海中发掘的精神力量。

同时从亲人、师友——身边发掘与己相连的闪光点，从坚持写作中凝聚精神的力量，在家庭生活和社会生活中宽容宽待、修身修心。

第六辑"流年之思索"有几篇文章就直接联系自己的写作，诉诸这种自我提振。如《追梦路上》，"教书育人是人生修行路上的一种，写作也一样"。文学是修行，更能充实和强化人生修行。《不忘初心》写到始于初一写日记、高中写作文，而养成写读书笔记的习惯，在疫情期间萌发"长期从事写作的爱好"，征文获奖，她一发不可收，迎来了自己"可以用手机和电脑书写的时代"即网络时代。不同于我辈大部分用稿纸手写的时代，作者是全新的年代。

末篇《文字煮烟火》是对自己写作的检视，是对自己写作的期冀。除写散文和教育随笔，作者还坚持写自娱自乐的小说。既可指引自己进入更高的精神世界，也可作为"朋友"，让人充满烟火气，在生活中还可结识许多爱好文字的朋友。

非烟火煮文字而是文字煮烟火，乃作者写作的独白，凸显了作者主体性选择，就有了这本人生阶段性的精神成果。本书是作者远兰一个好的开步，相信她能走得更远。

是为序。

李伯勇

2022 年 2 月 15 日洋田

（李伯勇，中国作家协会会员，江西省专业作家）

目 录

第一辑　草木之流年

夏之山风　002

春之涯　003

红色山茶花　005

花开花谢　人生常态　007

暮春遐思　009

白鹤的世界　011

初冬时光　012

美丽的日晕　014

清晨漫步　016

欣赏身边的春色　018

小城之紫薇　020

我愿是一只鹿　023

夏天的雨　025

初秋漫步　028

绿萝　031

漫步天沐　033

山色空蒙沁人心　035

春日　036

阳光多肉　038

暖阳下的一树金黄　040

第二辑　故乡之流年

星星和萤火虫　044

夜里的无助与温馨　046

藏在新衣里的母爱　048

人生马拉松　050

清晨的慢节奏　053

我眼中的汝城温泉　055

爷爷和风筝　058

雨中漫步　060

最爱那一片绿　062

栀子花开　母爱飘香　064

北风如我　066

童年的雨天　068

橙香溢满初冬　070

南湖，心灵的沉静之行　072

初秋的雨　074

第三辑　流年之故事

怀念家乡的雪　078

最美"战疫"女人　080

寄相思，更懂珍惜　083

小镇的花　美好的人　085

婆婆老了　088

我的母亲　090

不幸与幸运　093

朦胧的回忆　095

地瓜的味道　097

秋天的回忆　100

天空和母亲　103

森林小火车　105

母校印记　107

苹果的香味　108

记忆深处的竹林　110

家乡的野菜　112

旗袍，让你绽放更美的自己　114

神秘的"追求者"　116

旅程的相伴　118

童年里的梧桐树　121

第四辑　流年之感情

你的纯，我的白　124

扫尘的欢乐　126

喜悦相逢　128

碎言碎语叹流年　130

回眸逝去的岁月　134

离别的意义　136

小情小绪　138

清明·追思　143

逝水流年　146

无言的父爱　148

以心灵感化心灵　151

火车岁月　154

至亲味道　156

这些年　158

冬日里阳光的温暖　161

木槿花和凌霄花　164

第五辑　节日之流年

一年的一半岁月，请温柔度过　168

"520"的快乐　170

爱在"六一"　171

那条广告词的魅力　174

母亲的节日　177

小满说完美　179

一个美丽的地方　181

重阳节里话晚年　183

儿时端午节　185

又闻桂花香　187

第六辑　流年之思索

当我老了以后　192

学会放轻松　194

向阳而生　197

每个人的幸福　199

请不要忘记那些执灯的人　201

生命的意义　202

时光荏苒　205

两说　207

修身修心　209

热爱便是生活　211

真实的存在　213

八月　　215

沉默蕴含语声　　217

追梦路上　　219

不忘初心　　221

思念的雨夜　　224

歌一曲　观你心　　226

距离以外的美　　229

心若有光，自会成长　　231

给点阳光会更灿烂　　233

文字煮烟火　　236

第一辑 草木之流年

夏之山风

盛夏里某一天的夜晚，我独自驱车去了山顶。

那里的山风很大很大，四处的树木随风舞动，我站在山的崖边，裙摆飞扬。

那来自大自然的风肆意吹着我的长发，我近乎忘记了白日的繁忙；远望城里的点点灯光，我在心底感叹着时光。春来了又夏，秋而冬返，我们都在季节里思量，思量那些关于风的故事与传说。

听说近处的商务楼、住宅区是剩下的未完工的楼房；听说更远一点的楼盘是政府引进的高端项目。

不过此时，挖掘机都停止了声响；工人们也都已经下班，他们在楼下的旷地上，伴着馥郁的清风，围坐在圆桌旁，惬意地乘凉。他们三五成群，笑声朗朗；外边池塘里的青蛙在清脆地"呱呱呱"叫着，声音响彻整个旷野山村，好像在为那似瀑布飞流直下的激昂乐曲伴奏一般！

那"呼啦啦"刮来的风，轻轻爱抚着我的脸颊。他似一位柔情的男子般，缓缓行至此山，只为了和我说几句"纸短情长"。我听见了他的心声，有"人生若只如初见"的单纯善良。

要是每日的晚上，我都能伴着那山风工作两三小时，该会有风一样顺畅的心情吧？要是每个夜晚，我都能于那山中深思，只听风之召唤，该会是如风这般安然的吧？要是日日夜夜，我都能聆听到这绝美的大自然之音，是不是我就会多几分生活的灵感？

感谢那山风，曾抚摸我的脸庞；感谢那山风，它教会了我安静地沉思；感谢那山风，让我知道，有一种境界，是我一直需要去追求的呀！

春之涯

春天里的事很多
而你
是让我最为不解的一个

如春雨来了又走
如春日暖了又冷
而我始终看不透
这是怎样的一个结局

阵雨打湿我的内心
阳光又似温暖过昨日的那块土地
而我依然迷茫

如何不去思量
这春日里婀娜的白玉兰
是我丰盈内心最虔诚的告白

四季轮回，春天伴着欢快的新年曲调而来。

春天依然是我心底最迷人的季节。它诗意、温暖，是一个让人充满期待的季节。

早晨的空气充满诗一样的灵性，潮润而美妙。鸟儿在窗边叽喳，忽而飞落地上，忽而飞到高树上吟唱。

春风吹遍每一处田地，它抚摸着大地，给大地一片绿色的温暖；春光四射，活跃在每个人的心间。

油菜花儿金灿灿，白蝴蝶似一位仙女在丛中飞舞，蜜蜂欢快地围着油菜花儿采蜜，它们明白春天的希望在于耕耘。

仅一夜春雨，梨花便千树万树开。初生嫩芽，细长如明眸，那应该是春天的眼睛。它们这里一丛，那里一棵，漫步在绿树旁，依偎在半山腰，犹似春天最纯洁的心灵在乡间荡漾。

桃花绽放出可爱迷人的笑脸，仿佛比任何一朵花儿都更快醒悟过来。一旁的绿色衬得它们更加鲜艳了；它们和梨花站在一块儿，是那么和谐、美妙。

老黄牛在田里悠闲地吃草，它们默默无语。不论哪年，这都是一道静静的风景，存在于天地之间，老黄牛悠然地、辛勤地劳作着。

屋后多年不见的竹林，长满了春笋，它们一个个破土而出，迫不及待地钻出来，努力地生长，奋力向上。它们有一个四季常青的美好愿望。

乡下的孩童如小时候的我们，他们在河边欢快地玩耍，清澈的河水调皮地溅湿了他们的鞋袜。该回家了，个个脸儿似成熟的桃子般滚烫。大人领着他们回家，或责备，或教育，清洗一下，给他们换上一套干净衣裳。

"二年三度负东君，归来也，著意过今春。"时光匆匆，岁月峥嵘，珍惜美好的春天。

我已觉春心动了！春天，是希望，是耕耘；是浪漫的花开，是快乐的舞者！看到了春天，我们就看到了生活的朝气、未来的希望，就看到那充满诗意的温暖！

红色山茶花

冬日里，诸花已落尽，山茶一夜开。

当太阳拨开云雾，当它在寒冷的清晨披上闪烁发光的紫红色长袍升起时，人们能感受到它那温暖的光。南方的冬季，自然界的万物似乎永远不会脱掉盛装而失去生机。茶花树的叶儿穿上了鲜红的衣裳，天际低矮的太阳投下了钻石般璀璨的光。地面大多铺着草地，此时已变成灰白，有绿色的树木涂上红色的油彩。

又到山茶花开的季节，我走在校园里，一切觉得那么熟悉。阳光照射着广场。校园的一角绿色肆意，有几株山茶树围在一个墙角，绿色叶子甚多，墨绿色，呈现出发亮的状态。茶花就开在树的最顶端，虽然不多，却格外喜人，给冬天里的校园增加了别样的色彩。

上下班的时候，看见热烈绽放的山茶花，便觉得格外精神，感觉一天匆匆忙忙地过去，也非常值得。绚烂山茶花丛是冬天里一抹奇特的风景。寒冷的冬季，没有多少花是开放的，只有这山茶花，美得惊艳，美得让人振奋。

山茶花不仅开在校园里，还开在山坡上，开在柏油路的两旁。

初春时节，我驱车上到山顶，从山下的小路盘曲而上，都是萧瑟的景象，除却一些四季常青的植物，没有其他让人赏心悦目的景致。本只想寻找从山顶眺望远方的感觉，上去后却让我格外惊喜，山茶花随着山风摇曳，仿佛整个山坡我只看见了它们的存在，空气中充满淡淡的香味，似乎是青春的味道。

芦苇在微风中荡漾，在萧瑟之中，那一抹红色给了我信念：冬日即使萧条，也总会有耀眼的光芒绽放。即便在山顶，人们很少去欣赏，它依然独自盛开，给人以希望和力量。

　　柏油路旁的山茶花，开在十字路口的转弯处，每当下班，停在红灯前的时候，阳光灿烂的冬日之下，大红大朵的，格外喜人，让人在等待的瞬间，温暖了心房。抑或是绵绵细雨的夜晚，经过山茶花的身旁，看见花瓣上雨滴的晶莹剔透模样，心中便升腾起更多的关于热爱生活的憧憬来，那是一种诗意和远方，自在而又悠闲。

　　"似有浓妆出绛纱，行充一道映朝霞。飘香送艳春多少，犹见真红耐久花。"山茶花是一位女子，它精心梳妆打扮，穿着丝绸锦绣，在阳光的照耀下灿若云霞。山茶花的花期很长，它给冬天乃至来年的整个春天增添了不少的芳香和风景，它也迎来和告别了一批批奇花异草。

　　红色的山茶花色彩鲜艳，美如画，充满青春和诗意的气息，它们是冬日油画中最浓重的一笔。春天，它们依然开放，带给人希望，带给人美好的向往。

花开花谢　人生常态

每一年的每一个季节，都是上天给人类派遣下来的爱的使者。在家乡，我很荣幸能看见一年四季的变化和轮回，见证万物的生长。

有一年冬天，办公室放着一盆长寿花，刚买回来时含苞待放，我每天来办公室，感觉都有期盼。一天天渐渐过去，花开一朵、两朵，等待的过程有美丽、期盼、喜悦。仿佛少女第一次喜欢一个男生，每次只要看到他的出现，就能心满意足。

花一朵一朵地绽开，那时的心情是美妙的，但这时，我亦知道，这些花儿，离凋谢也不远了。它们总有一天会凋谢，只能在它们尽情绽放时，开心地欣赏着。花儿像极了姑娘恋爱的时候，那时的天空是蓝的，所到之处的风景是灿烂的。

大概一个月以后，这花全部绽放，之后一星期，花儿开始变黄，连叶子也是如此。有些天忙着，我没修理花叶。难得有空时，我把长寿花全部修剪了一番，那黄花、黄叶用剪刀进行细致的整理，把那些枯枝败叶进行了仔细的清理。

在垃圾桶边上修剪那些黄花、黄叶时，我突然想到，人生终有花开花落啊，花开的时候用心欣赏，花落的时候难免叹息。

我工作的地方，从一个办公室搬迁至另一个办公室，内心曾像这长寿花一样，抱着常年盛开的决心。终究抵不过冬天的严寒，抵不过自己内心的炽热，选择了另外一种适合自己的方式去工作，去生活，去开创一片新的天地。

离开那曾经的办公室，我常常会想，我的选择是否正确，花落了以后是否不再萌芽，在下一个季度，我是否还会回忆起这里的花开与花谢？

后来，在新的办公室顿悟，这才是我想要的地方，是我内心真正的追求，唯有这样，我才能纯洁地、素雅地工作。每天不必太压抑，每天能很开心地和同事们聊天儿，每天都有新鲜的富有朝气的东西，让内心热气腾腾的，这才是人间烟火的味道。

办公室的富哥，后来选择去另一个单位工作，那里一定有更多美丽的花儿等着他。

认真整理、认真选择过的人生啊，才能不辜负这美丽吧。你看，我修剪好了的花儿，就如我删繁就简地对待工作，稀少，却别有一番滋味。

花开花谢，告诉我们要得失淡然，在人生的每一个阶段，都认真地按自己的意愿，去好好生活。生活的理想是过理想的生活，我想这是我们每一个人应该去追求的。

暮春遐思

——美在身边，不可方物

我时常问自己："什么是美？"是那些还没有经历过的美丽风景，是现实的热烈追求？还是一汪清泉，清澈见底地在你面前流淌？

泰戈尔曾说："认识美需要克制和艰苦地探索，空虚的欲望宣扬的美，是海市蜃楼。"

于是，我在现实中努力寻找，发现美真的就存于我们身边。它也许存在于你到过的一个地方，也许藏在你曾翻过的那几页书中。

忽想起放风筝的人，那牵着的一缕飘荡的白丝线，下面必定有一双微红的巧手。人们趁着东风，趁着春天，尽情融于广阔的体育广场。

我时常有种感觉：很多时候，我们都在追求那些还没有看过的风景，觉得眼前的很多东西都不美。存于身边的美，只是我们并不珍惜。

当春来秋去，当寒来暑往；当阴雨连绵的时日过去，当阳光温柔地抚着我们的脸庞；当校园里的树木绿得出奇，当雨水把万物冲洗得晶莹剔透，我能想到四季的美。

其实，春天很快就要过去，我们将迎接下一个热烈的夏天。

整日留在办公室，对外界便有了一种思念。偶尔推开窗，看着外面的景色，顿觉雨后的春景格外明亮。阳光照射着晶莹的雨珠，有的发出耀眼的光芒，像一颗颗钻石般闪闪发亮；有的小雨珠温柔之至，似露珠般剔透晶莹。

我在楼上向下望着，感觉那是一个小仙境，神奇、美好。我下去晒太阳，发现楼下一片鸟语花香，有蝴蝶绕过树林，有鸟儿在欢快地歌唱。

这勃勃生机的景象，许久没去探望过。这颇有发展的势头，似乎给了我一种力量，醉眼芳草地，莫负好春光！

春天着实短暂。幸好，我发现了春天的美，原来它一直都在我身旁。

远处的山格外明亮，那棵银杏树，片片翠绿的小扇子，有着古典的沉静之美。

远处的蔷薇啊，开得正好。青山似乎永远不变，我多想成为那青山里的一棵树，视野开阔，拥有自己的一番天地。

远处的青山上，有郁郁葱葱的树木，光照在它们的顶端，温暖舒适。春风柔柔地吹过，抚摸着它们的脑袋。我想成为远处的山，山上的树木，也想成为春天里的一朵花、一棵草。哪怕春去秋来，它们已不存在。它们以另一种美的形式存在，枯枝有枯枝的颓废美，残花凋谢后，它们也还护着自己的根哪。

这匆忙的日子让我有些窒息，让我有些犹豫，让我不知所措。只能日复一日、年复一年地去祈祷。

不过，生而为人，自有他的无趣，自有他的美好。

对于难得的空闲，我是如此珍惜，珍惜赏花的时节，珍惜清晨看露珠的时刻。

顾城说："因为你要做一朵花，才会觉得春天离开你；如果你是春天，就没有离开，就永远有花。"

希望自己是春天，静静地专注于当下，当下的一笔一画，当下的思想，当下的一页书，当下身边的人，当下灿烂着的身边之景，这样便赋予了生命特别的意义。我会觉得自己永远青春，永远有活力。

白鹤的世界

初春的田野，绿油油的一片，到处充满欣欣向荣的景象。

一只老水牛，在碧绿的田地里悠闲地吃着草，时光在它的身上仿佛慢了下来。草儿嫩嫩的，绿绿的，老水牛在快乐享受。

远处青山一片明亮，丛林中忽然飞出一只白鹤。它张开翅膀，悠然地飞着，划过寂静的乡野，停落在一口池塘的边沿。它站立在池塘边，静静地看着池塘，它一会儿啄啄身旁的绿草，一会儿伫立着，似在找寻着池里的鱼儿。

它在那里驻足了一会儿，便在田坎上像人的模样，轻手轻脚地走过来，又走过去。待我远远地望着，想看清楚它模样的时候，它忽地又飞回远处的山林。

次日清晨，太阳还在西边沉睡。我在乡野的小路上漫步，望见远处青青阡陌交错的田地里，好多只白鹤正在那停留。

白鹤们围绕着一只老水牛，老水牛在旁边悠然地吃着草。我数了一下，总共有八只，它们个个颜色雪白，美丽动人。它们踩着纤细的脚行走着，走一步，捉些吃的，样子轻巧可人。

这场景让我惊愕。白鹤应该认识这老水牛吧，才会相处得如此融洽，大自然的生物能如此融洽地聚集在一起，真是不可思议。

这老水牛让白鹤的世界一下子缤纷起来。待到晨曦一出，它们便又回到山林中。

多和谐的生灵，多有趣的白鹤，乡野就是它们的世界。

初冬时光

初冬时节，我们带着孩子回去看望父亲母亲。烟雨蒙蒙，仿佛一切都在朦胧中。

当车行驶到乡野的路上，便觉得外面的景色不是一团团的阴暗和低沉，最显眼的是那一抹红和那一抹黄。黄的是梧桐，红的是枫叶。它们生长在田边或者山上，让人觉得眼前一亮。

枫叶红了呢，这么些天，一直住在城里，仿佛不知道枫叶红了似的，只在朋友圈看见文友们拍得很好看的枫树林，也望见他们拍下来的那一抹黄或是一抹红的树木。

这就是江南的初冬，万物大部分还是青翠的，只是有的树木梢头增添了一顶红色或者黄色的帽子，这便是江南的冬季了。虽然没有雪的白，但是有江南特有的那一抹黄和红，就足够耀眼了。

梧桐树的叶子变黄了，仿佛是一瞬间的事情，记得上个月我来的时候，它还是翠绿色的呢，它变了个魔术给我，原本有点沉重的心情，因为梧桐树的魔术，我大为喜悦。

山上的枫树不是很多，只是零散地分布在山上。春夏秋的时候，我们根本没办法远远鉴别出它。但是现在，远远望去，它成了我们视野中最清亮的那一种。你无须去甄辨，也知道那便是枫树的叶子，红红的，那种喜庆的中国红，让你忍不住想到过年那热闹非凡的样子，又或者想到乡村里哪个娃娃出生了，外婆给她的外孙子送来了好看的红色的棉鞋、棉袜、棉毛衣，让人觉得欢喜得不行。

近了，离我父亲母亲越来越近了。直奔家门口那浓艳的月季花去。雨水刚过，水滴仿佛清晨的露珠一般晶莹，一个个躺在绿叶的怀抱之中，让人仿佛看见了点点滴滴的希望之光。

吃过午饭，我和父亲在客厅闲聊，感受着外边新鲜的空气吹进厅里，望着远方的青山间隔着一抹一抹的红色，便觉是乡下闲聊的最佳时刻。

人生能有多少个这样的时刻，我不知道。但我很珍惜和父母这样相处的时光。

午睡过后，雨渐渐停了。屋子前方的风景和外边充满负氧离子的空气吸引着我。我带着孩子准备去车辆稀少的乡间田埂边上的公路散散步。乡野沉静无言，仿佛进入了沉睡一般。

要不是听见田里的鸭子哒哒哒觅食的声响，要不是听见远处传来那更响亮的鹅鸣之声，要不是远山如黛的肃穆中还发出清脆的鸟之歌唱，要不是瞥见了月季花浓浓的一抹艳红，要不是望见紫色的、白色的藿香蓟静静地在田埂上开着，要不是望见太阳的余晖洒过一望无垠的稻田，我还真以为大地沉睡了。

那声音真动听，在乡野的寂静中嘹亮；那颜色真明亮，在乡野的沉思中绽放。

乡野的初冬，乍一看上去仿佛低沉无声，仔细观察会发现充满无限生机和希望，那是故乡的花之绽放，那是故乡的人之期盼。而今，我终于再一次在繁忙之后，回到了那个生我养我的地方。那里的一草一木、一人一畜都牵引着我来寻找它们带给我的光明。

美丽的日晕

生活在同一片天空下，孩子对于自然的变化比我们成年人醒觉更为迅速。

吃完午饭，天空突然阴暗起来，我以为要下大雨。过了一会儿，昏暗的天空有些奇怪，天暗下来了，并未下雨。我发现班上有几个孩子下楼，他们快速地到中心广场去观看。这时，我才发现，天空的南边有一轮太阳。

日晕在空中出现，是难得一遇的奇观。紫色的光线照耀着我们。我们感觉到从来没有过的惊奇。是啊，常在办公室或者教室的我们，已经快忘记大自然的一些景观了。

日晕突然出现，顿时让我们有种看到圆月的满足感。太阳发光的温暖，配上校园景物，花草或学校的橙黄墙壁，有种奇特的美感，让人觉得人世间真神奇、真美好。

深蓝色的天空中，镶嵌着一轮金色的光环，奇幻无穷。仔细瞧，还有紫色、蓝色、白色等多层颜色。太阳在光环里面呈现，光芒不是很强烈，和十五的月亮一样洒下银色；太阳的周边有白色的云朵，如同一群绵羊围绕在它的身边。

我站在一棵桂花树下，抬头仰望，天空和树的叶子构成了一幅和谐的风景图，这图像白天，又像是在夜晚，仿佛梦境一般，这美妙的天空使我震惊了。

日晕，是日光通过云层中的冰晶时形成的光现象，围绕太阳呈环形，呈彩色，多出现在春夏季节。日晕的出现，往往预示天气要有一定的变化，民间有"日晕三更雨，月晕午时风"的谚语。

天气现象和人的心情一样，天空有时呈彩色，却是雨天。

一个人光彩夺目时，不一定是他出彩的时刻；一个人孤独时，能开出最美丽的花朵来，那才是真实的自己，会更加充满魅力。

清晨漫步

初夏的清晨，花草树木在互相低语。而在我的心里，簌簌之声如同一支悠扬的乐曲。

迎春花开得正灿烂无比，它们照亮夏之天空，为旁边的江水增添不一样的色彩。

河边道路旁边的野菊花也一样绚丽，像极了小小的向日葵在绿油油的叶丛中欢快地笑。

空气格外清新，雨后的天空散发出诱人的灰蓝色，空气里有湿润的甜味，那是满溢着的江水气息，有花草树木独特的自然味道。

我和孩子在河边的绿茵上漫步着，抬头看见一两棵树，它们长得像枇杷树一样，却开出了洁白色的花朵，样子很像小小的荷花，叶子却似玉兰一样。枇杷树上是不会长这种花朵的，我和孩子都知道。

荷花玉兰，优雅如这名字，好生美丽。荷花玉兰有一两片花瓣落在地上，孩子兴奋地说："瞧，这就是它的花瓣。"可不是吗，比玉兰的花瓣要短一些、宽一些，形状却是差不多的，落在地上，我们仿佛闻到了一股淡淡的玉兰花香。

我们继续前行，河堤之上有一栋栋别墅，院子里长着各式花朵，有月季花、美人蕉等。那里也长着些许蔬菜，有南瓜、茄子、豆角、辣椒等。南瓜的藤已经伸出了墙外，真是茂盛。有一棵李子树，树上结满了李子，个个饱满地挂在枝头上，像一个个绿色的小胖娃，可爱极了。

不远处，有一棵枝叶茂密的桃树，枝头正冒出青涩的带着点点绒毛的桃子。这家人真是可爱，在院子的一个角落里还养了鸡、鸭、鸽等家禽，它们被关在一个小木屋里，小鸽子发出咕噜咕噜的声音，在我们的耳边欢快地回荡。

上台阶，接近这栋别墅，有一丛翠竹在院子的一角矗立着，不多也不少。翠竹有着细小如蚂蚱似的叶子，令人惊喜。叶子碧绿碧绿的，小巧、尖尖的模样，像婴儿的小小手掌一般长开，既耀眼，又柔和。我把相机对准翠竹的叶子，它们正伸向天空的方向，像投入母亲的怀抱。

远远望去，那河边的再力花还是去年模样，优雅、经典的紫色展现着不能触摸的典雅，在河水边伫立着，它们倾斜着身子，仿佛正在练习瑜伽，美丽动人。

我和孩子满足地享受了整个清晨，美好而又安静。我们感受到了身边这座小城的魅力。

欣赏身边的春色

校园春天的景色极好，映山红在绿色丛中随着春风微笑着摇曳着，我从旁边匆匆而过，来不及欣赏。

窗外的两只大鸟，又在我的窗边悠悠地鸣叫，扑腾一声，隐藏在茂密的树丛，我寻不到它们的踪影了。只看见它们灰色的羽毛一闪而过，多么自由自在，想飞上树枝，便可去；想探探花香，也可以低飞到远处的田野中。

只有忙忙碌碌的人们，躲在办公室里，埋头于电脑和手机中，埋头于手头上一堆杂乱的工作。

是啊，多久没有仰望窗外的天空，多久没有去欣赏自己身边存在的风景了。

春风徐徐吹过我的窗台，给我一种悠然感。春风吹过我的发丝，抚摸到了我桌上的书本。是不是，春天也留恋这书香，还是它也懂得尽情给每一片经过的地方以温柔？于是，我似乎听见了春风的爱语："记得放松心情，记得张望外边的世界。"

春天的草真绿啊！如初生的婴儿般让人忍不住爱怜起来，既可爱又美妙的春天的枝丫，都是绿油油的，让人心生欢快。

银杏树的叶子片片小巧，想起来它们去年金黄的画面，现在又这样绿得可爱，让人觉得四季变化不可思议。这也许就是大自然的意义。

正是樱花盛开的时节，校园的樱花也开得甚好。远远望去，粉红的一片，似海棠盛开，又似桃花在枝头微微点头。不知道坐在窗边的你，有没有空去欣赏一下它们的粉墨淡妆呢？

希望你疲劳的时候，去看看校园里春风抚摸过的杜鹃花，愿你望见那粉红色的一团团、一簇簇，在心里升腾起一些关于春天的美好和温暖。

沉醉在春风的温柔爱抚之下，我仿佛觉得生活可期、愿望可许。也许是因为每次看大自然都会有一种生命的感动，觉得生活就是如此美好，我们不应该荒废，更不应该颓废。

在这阳春三月，阳光照耀大地，美好的春天在此刻让人觉得应心怀感激。

希望在春天播种，在春天努力，在秋天收获；希望人们在春天勤学、善思，希望人们书写下更多令人满意的答卷。

希望写下的文字，可以鼓励自己，影响别人，给别人温暖和力量。

请不要再为一些不值得的小事情浪费时间，不要再为明天的不确定而不努力，让自己现在的时间变得有价值。

春天来了，让我们努力成为自己喜欢的人；春天来了，这个季节像极了正在成长的孩子们，所以我们慢慢等待，等待他们慢慢长成我们想象的模样。

春天来了，愿你我有个美好的愿望，摘一朵花瓣做翅膀，飞翔到属于自己的天空。

在春天，希望我努力发芽、生长，不负文字，不负这个美好的世界！

小城之紫薇

"盛夏绿遮眼，此花红满堂。"盛夏里，我常常被小城艳丽的紫薇所吸引。

记得小时候，见过大红色的紫薇，那树上有可以玩儿的小虫子。有个小男孩曾说那叫"马"，于是，我们常常在艳丽的阳光下，去紫薇树上寻找我们想要的"马"。其实，那只是和马长得很像的一种小虫子，样子小巧可人。

童年在紫薇树下的优美时光，是一段珍贵的回忆。

夏季的午后，太阳格外热烈。

在一个转弯处，我被一丛白色的东西吸引，那里有一丛三至四米高的绿色树木，满树除了绿叶，全都是一簇簇美丽的雪白，它们像冬日的雪花飘洒在了那个转弯处的小角落。阳光炙热，雪花般的花朵却让我想驻足停留。我常常想起那一片片雪花，整棵树被洁白的花朵点缀。我曾想过，一定要去把它拍下来，一定要看清楚它是什么花，竟然能让自己在大热天联想到雪花。对于一个南方人来说，连最冷的冬天都看不见雪，在夏季能看见雪花一般的花，不论如何，是一种惊喜，是一种欢乐！学期临近结束，我还是没能真正地去看上那一树的雪白一眼。每次都来去匆匆，一次，二次，三次……就这样天天错过，之后又对那一树的雪白开始念想。

放暑假了，因为有书邮寄到了学校，我终得到机会和那一树的雪白相遇。

那日，周围的人极少，我开始放心大胆地欣赏起这棵树来，绿色的小乔木，高约七米，树皮非常光滑，枝特别纤细，白色的花朵，一朵一朵，煞是好看，如同一朵大大的雪花长在树枝上，而且花朵的上半部分几乎没有树叶，纯白色的树，恰似一位皮肤雪白的女子立于这街道一角，美丽而端庄，让我在这个炎热的夏季也感受到了丝丝凉爽的震撼。

花朵的下半部分便是梗，长三至十五毫米，中轴和花梗均有绒毛，在阳光下似乎闪着朦胧的钻石一般的亮光。这样大朵大朵的花长于树枝之上，如果枝条能够承受得住的话，那么花朵就直直矗立于枝头；如果枝条稍微纤细的，就垂挂在树的两边，其中有一两朵，已经差不多垂挂到地面了。整个树上的花朵在这样的造型之下，如同雪花落下，让我似乎看见了夏日的柔情。

在这样一个夏日的午后，没有人的吵闹声，只有鸟儿在啼叫，似乎在赞美着这一树的圣洁。这么新鲜的花儿，是大自然在这个夏天送给我最好的礼物。

欣赏完那褐色树干、那绿叶、那白花，我兴奋无比，心里像吃了蜜一样甜。当我认真看到它那花瓣上长着的小小的果实，看见它的种子有小小的刺的时候，我才明白，这一树的雪白竟是紫薇。

从那以后，我知道，紫薇，不只有红色、紫色，还有白色。大概是因为假期久了，看书、写字、做饭的日子难免有些枯燥。也许是因为那次白色的相遇，让我更想去探寻紫薇的美。

有一次，经过河边的一个转角处，我发现了一丛很美丽的紫薇，它们开着两种颜色，一种是白色，一种是紫色，相互映衬在绿叶之上，叶子郁郁葱葱，花朵一簇簇地开在枝头。紫薇长得并不高，但是一丛长在旁边的树木之中，显得甚是鲜亮，那白色和紫色的花朵特别吸引我。

遇见的次数越多，就越觉得它美丽，低矮的身姿，犹如小家碧玉，站在十字路口，让人眼前一亮，让经过的人有一种清新别致的感觉。

后来，我在家附近散步，亦看见了一丛低矮的紫薇，全一色的紫色，充满贵族的气息，我忍不住拿出手机来给它拍了一个照片。花也是有灵性的，它一定记得，我曾赞美过它那高贵的样貌。

小城也有许多粉色的紫薇，一朵朵，楚楚可人。一个个微胖的样子挂在枝头，树干更为笔直，伸向天空的方向，像一个个亭亭玉立的少女，又似乎翩翩地跳起了芭蕾舞。

紫薇品种繁多，颜色不同，代表沉迷的爱，代表美丽的女子，它们的确出众。

我愿是一只鹿

我愿是一只鹿，生长在山野之中，悠然自在地漫步。

这是一只漂亮的鹿，光滑的细毛如锦缎，美丽的茸角倔强而刚硬，闪闪的眼睛亮着褐色的光，充满智慧。

它幽居在山的一隅，它可以不用在意别人的眼光，也没有任何事能打扰到它。

它的姿态是山林中最生动的一笔，茂盛的树枝包围着它的上身，郁郁葱葱的青草在它的脚下，它自由自在地吃着带着晶莹剔透露珠的鲜嫩青草。

清晨，时光在这只鹿的身上慢了下来，点点晨光似它身上闪着无数星辰，似夜空星光璀璨。

各种野花野草是这只鹿的朋友，草地是它游玩的乐园。它追逐小猎物的身影小巧柔和，如曼妙的仙女在深山中神奇出现。它每一次的回眸，都点亮了整个山野。山野静得出奇，然，这只鹿的出现，并不打扰这里的一切，和谐而生动，一个静的世界在无边蔓延。

"呦呦鹿鸣，食野之苹。"《诗经》里的鹿，是理想中的君子。他不仅有理想的外表，更有理想的情怀。

我愿是一只鹿，生长在深山里的鹿，闲看朝夕变换，聆听小桥流水，望向远方墨色的山水国画。

鹿是一种神奇的动物，温暖山间草木，低头冥想自我。

我愿自己是一只鹿，在岁月中不变最初的情怀，悠闲追逐；我希望自己永远是一只鹿，自由自在。在空旷的原野上，是一群鹿当中的一只，缓缓地吃着野草，不时和同伴们发出呦呦的鸣声，此起彼应，声音悦耳动听。

这只鹿，有自己忠实的朋友，有自己忠实的爱人。但它依然每天独自去旷野中，寻求属于自己的漫漫青草地，寻找一片心中的娴静与安稳。

夏天的雨

少年轻狂付之一笑

时光一下子回到了夏天，夏天的雨水时有时无，偶尔一阵狂下，就如青春叛逆期的孩子一般似乎非得吼两声、上课打个岔，才能证明他们的存在似的。我也慢慢习惯了他们的情绪反应，也习惯了下雨倾盆的夜晚睡着。也许当生活充实的时候，就不会有太多的情绪，任由雨水的哗啦啦声在窗边，我尽管去完成自己该做的事情，享用自己的时光，读一段文字，阅几页书，写下点随意的感想。

我时常想起自己年少的中学时光，也时常把自己带入现在学生的情境中，于是也就平和了很多，安静地去完成属于自己的责任。男孩子的表现作为老师我们一目即知，只是有些女孩子的心思，就像窗外的云，有些捉摸不定。

看见这些年少的孩子，我似乎就想起来，那是一季永远不可能回去的夏季。记忆里的雨季，放学回家时路上汽车驶过溅起来的万千水花，溅到自己身上变成黄色污迹，那也将是永远的过去。

轻狂的年少，我会想起自己的任性、强烈的自尊心，我需时刻提醒自己变得成熟。于是，我给班里的女孩子们保存了该有的自尊，只是，我并不知道，有的孩子比我当初时候脆弱很多。

夏天的雨，下得急，来得快，去得也快。但愿那个少年，在我小心谨慎的教育之下，归来仍旧是年少的单纯。心里经过波澜后，对过往付之一笑，轻松地安慰自己说："岁月安好，我们都是这么慢慢走过来的。"

孩童

雨后带孩子们到东山寺公园走走是极好的，听着他们爽朗的笑声，玩着《西游记》里面的游戏，非常舒服。

空气是新鲜的，蝉儿有一会儿没一会儿地鸣叫着，鸟儿欢唱着，还有一些不知名的虫儿在演奏乐曲，麻雀在我眼前疾飞而过。背后是青山，远处是江河，视野开阔，无限美好。

我牵着小外甥肉嘟嘟的小手，他温柔地唤着我"小姨"。牵着他下了台阶，想必他是经常来，跟我也熟悉，不再找我姐。他实在可爱。

平静安好如中年

夏天的雨，有一种气势，磅礴的来临像一个人努力地奋进，在室内都能感受它不一般的激情；下雨过后清风拂面，树木绿色肆意，抬头触及养眼的绿色光泽，心里一天的热情平静下来，似有一种轻松的爽快涌上心头。恰逢这时刻，放一首欢快的歌曲，让人觉得生活美好，人生幸福。

夏天的雨，让人知道奋进。在倾盆大雨中行走的人，是为了生活而努力；在大雨中上下学的孩子们，心中定有对知识的热烈渴求。

夏天的雨，让人明了，人生的意义在奋斗，不只有轻松。那些散步的人们，在一天疲惫的工作后，舒缓了身心；在窗前趴着看外面景色的少年，一定觉得此刻安静如神；带着孩子在广场游玩的父母，给了孩子一个甜甜的吻，在夏日里暴风雨过后享受舒爽。如风吹过大地的每一个角落，如雨丝丝凉意落入每颗燥热的心。

　　拼搏奋斗必不可少，平静而思亦是美好。我伫立在窗台前，感受夏天的雨。

初秋漫步

立秋后降了一次雨，酷暑退去，好眠。醒来精神抖擞。雨后初霁，空气格外清新，我携儿子在江边散步。有一种预感，这夕暮时分，必有什么美好的事物等待着我们。

轻挽着儿子柔嫩的胳膊，拐过街角，经过那片熟悉的店面，沿着人行道绿化带一路款款而行，不知不觉就上了水南大桥。

秋季的凉意扑面而来，使人陶然欲醉。江面上升起了淡淡的薄雾，烟波浩渺，向着远山弥漫。阵雨过后，江水满满，似乎要溢出江岸，徐徐凉风吹动这一湾碧绿，如丝绸一样柔软光滑。风拽着我的长裙摆啊摆，儿子挽着我的手摇啊摇，恰似这碧水波纹的温柔，激荡起我内心的温情。

近处两岸的树木依然翠绿如新，夹竹桃弯着腰摇曳着甜甜的微笑。我边走，边给儿子讲述着一个美丽的民间传说。远处重峦叠翠，东山寺沉静，山头的那边在光线反射下无法辨清，有一种不可言说的神秘。此情此景，就如郁达夫说的那样：江南的秋，草木凋得慢，空气来得润，天的颜色显得淡，并且又时常多雨而少风。

犹江两岸，绿色四溢，仿若春天还在。江南的秋天空气依然润润的，这许是江南的女子更加白净温婉的原因吧。天空澄澈高远，缀着几片淡云，我忆起近日做的几顿粗茶淡饭，看的几页闲书，寻的几次淡友之酌，都如这初秋的天空般素净。风徐徐地吹，我心无杂念，意浮山外，似乎可以什么都不去想，只想这山、这水、这天空。

到水南大桥的另一头，下两段大理石台阶，便来到犹江江畔散步的最佳地点。下午五点半，散步的人还寥寥无几。晚霞的光线照射着空无一人的堤岸，眼前的一切光莹四射。不远处，有一条栈道在江边，呈现在我们眼前，儿子兴奋起来，蹦跳着跑过去。

沿着江畔边的道路行走，和煦的风一直抚摸着我。堤岸上长有绿树和青草，嫩绿的叶子上雨滴晶莹，细长的叶子沐浴着夕阳的余晖，叶片放着光，绿得透亮，我的眼也明媚起来。目光所及，那座桥就好像迤逦在半空之中，给人一种幽深高远的意象。此刻夕阳正对着我们行走的前方射过来，那金光闪闪如同一片片轻柔细碎的精灵散在江岸的青草上，着实嫩得可爱，似乎比春天的小草长得还高挑一些，棵棵精神饱满。

从古至今，喜欢伤秋悲怀的大概有许多；而小城秋的韵味，除去凉意，还存着许多美好和活力。

不一会儿，到达了木栈道的圆形平台。倚栏而立，三面被水环绕，眼前是绿色葱茏的堤岸之景，有父母带着小孩在这里玩耍，他们在运动器材前打几个圈，抑或聊一会儿天儿，个个神清气爽。

江水仿佛在均匀地呼吸。阵阵水波随着微风一会儿有规律地向上荡漾开去，像是在吸；一会儿又缓缓地向下荡漾而去，像是在呼。这松、静、匀、乐的一吸一呼，像是磅礴生命的律动。

从护栏向下看，江水清澈见底，江底的砂砾、石头、贝壳和水草各得其所，有三三两两的鱼儿紧贴着石头在水草间遨游，"哗啦——"，冷不丁有一条鱼忽地从我们身边的水中飞跃而起，水花四溅，打湿我们的衣裳。待我扭转身子望去，飞鱼已扎进远处的水里，消失得无影无踪。我看见儿子脸上泛起兴奋的红晕，指着刚才那鱼消失的地方叫喊道："妈妈，鱼！大鱼！"此刻，我的心静得那么安详，儿子也跟这鱼儿一样欢乐。

晚上七点，热闹的广场舞音乐声响起来，这是属于阿姨们的美妙时光，她们也来呼吸犹江的香甜空气。秋蝉趴在树上时断时续地叫唱，发出婉转悠扬的曲调，草丛里有秋虫低鸣，它们配合着演奏一页奔跑的时光，一段美好的岁月。

夜幕降临，到江边散步的人多了起来，一下子热闹了起来。河岸、水南桥上、路上，有人拿着蒲扇摇晃，有人带着孩童雀跃经过，和风习习，他们笑意盈盈。远处夜钓者在岸边静坐，那神情仿佛他不是为让鱼儿上钩，而是为这份难得的清闲。住在这个小城的居民真是幸福呀！

回家途中，走到街口，偶一抬头，看见群楼之顶深邃的天空，似乎银河在远方苍穹舒展身姿，而街道上，今夜的路灯格外明亮。

绿萝

绿萝实在不是平凡的，我喜欢绿萝！

在我办公桌上的一个小书柜里，淡蓝色的格子中放着一些书籍、文件，格子上面摆着两朵红色的装饰玫瑰花，格外耀眼。窗外，火红的木棉花正在校园里肆意地绽放。粉红色的杜鹃花也露出童真般的笑脸。这时，我想起了诸如春暖花开、花红柳绿等形容春光明媚的词语。

眼睛也许有些疲倦，当我的视线回到办公桌面上，那一丛绿色的小枝叶，它执着、静静地垂在一边，像个默默耕耘的园丁。这时，我的内心迸发出许多惊喜！

绿萝，在校园里，是一种极普通的盆景。然而，绝不是平凡的植物！

它生命力极强，不论你是水养，还是土培，它像野草似的，不需人来加工，不需你时刻关注。哪怕你有时忘记给它浇水，过一段时间，待你想起时，给它水分，没过两三天，它又活得有滋有味了。藤会一直长，只要弄一根藤剪下来，插入水中，它能自成一体，自在生长。绿萝一年四季都常青，一年四季都生机勃勃。

水养的绿萝，干净，放在办公桌上让人感觉就很清新。只要瓶子下边的根长出些许，便把它们从瓶口拿出来，拔掉，冲洗干净，之后再放些新鲜的自来水，把绿萝的根部放进瓶中。稍稍移动下上边的枝叶，让叶子和叶子之间紧密地挨着。瓶子透明，从外边即可把绿萝的根看得十分彻底。累了的时候，看绿萝装扮得如此轻盈，疲倦顿时退去。

它没有花儿艳丽的色彩，没有笔直挺拔的枝叶，也许你要说它不美观——如果美是专指"色彩"或者"形状规则"之类而言，那么绿萝算不得植物中的漂亮女子，但是它却是朴素的，也不乏温和，更不用说它那顽强的精神了！它是植物中踏实的奋进者！当你在校园的走廊上经过，看见楼道里一盆或一排绿萝，难道你觉得植物只是植物，难道你就不会想到它的淳朴、踏实和坚强不屈，至少也象征了在这个校园里兢兢业业的老师吧。难道你没有联想到，在校园这块净土，各班都有坚强勇敢、踏实奋进的莘莘学子！

这绿萝，是同事欢赠予我的，并且是用半截矿泉水瓶子装着的！丝毫不影响它繁盛地成长。午后，阳光透过窗户照射进来，一些小精灵在绿叶上跳舞，真是绿得出奇。看着那些精灵，我就仿佛望见了同事默默工作的身影。

清晨，见欢在窗边擦拭灰尘，感觉真是轻快！她在洗手间洗抹布的瞬间，我正好给绿萝换清水。我告诉她："你送的绿萝，我养得不错，和你一样坚强、朴素。"她不在学校的日子，我养过长寿花，花开花谢，后来花掉了，叶子烂了；我养过多肉，没有经常让它晒太阳，也干枯了。唯有这绿萝，常伴我左右。

见到了欢静美的笑容，少有的肃静沉着也在她的脸上溢满，像极了这绿萝熠熠发光的模样。我感受到了她的活力，她的静美。

绿萝不是平凡的植物。它在校园里极普遍，也许不被重视，就跟默默无闻站岗在一线的教师相似；它有极强的生命，不惧挫折，也跟校园的老师们极其相似。我喜爱绿萝，就因为它不像校园里的老师，尤其像今天复杂的社会环境下任劳任怨，在事业上坚强、朴素、力求上进的基层工作者！

我赞美绿萝，也不悔如绿萝一样平凡，在教书育人的岗位上默默耕耘！

漫步天沐

国庆假期，全家人去了天沐温泉。白天那里没有什么看头，只是体验了一把街头闹市，吃了点关东煮，漫步了几个小时。

对于我这个平日不常出去的人来说，放假自然惬意。遇到熟人闲聊几句，真好。

天沐我是去过的，夜里自有一种朦胧美感，很有乡村的味道；只是那新房子的油漆味，这让人难生喜悦。

不过，夜晚的阳明鱼庄，让人感觉到一种淡然的家乡风味。灯笼挂在房屋前，从三层的阁楼斜面望，乡愁会在我的心尖升起。

万家灯火的光芒，照着我柔暖内心深处的这个可爱故乡。不远处和风飘荡，周围的花草香味就着附近小河欢快地飘荡，随着风儿蔓延，吸进我的鼻腔，有一股甜甜的滋味。

我想：夜晚九点钟，爸妈一定早都入眠了吧？我有多久没回去看他们了呀！

屋前的大石头，可观赏，可供游人栖息。用石头围着的一汪清水，里头有鲤鱼在快活地游来游去，悠闲自在如游人的心情一般。

我依着这花斑大石头，背后是农庄二楼的一缕灯光，在我的心里却似万缕光芒。屋檐的灯笼随风摇曳着，屋前的茂树朦胧苍翠，在这黑色的夜晚形成了一幅很绝美的印象画。

童年时光，让人开心的事像放电影般回到我的脑海。

今日，我是白天去的，要说遗憾，那定是有的！还没完全修建好所有设施，没我想象得完美，也没我想象中热闹，兴许是我去的时间不巧。

下午三点钟，人不多也不少。我品尝过的关东煮，自然没有城街那家味道好。似乎无关紧要，这儿是个漫步的好去处。有那么多的烧烤、关东煮、牛肉等美食混合的味儿，油漆味自然闻不着了，也别有一番风味，是另一种人间的烟火气。

不知你是否很久没有感受街头热闹的场景了？自城市规划以后，很少看到如此场面。让人怀念小城东东超市那条街道，一条街道有各种食物铺张着，夹杂着顺口溜似的叫卖声，任你挑任你选……曾经的点滴萦绕在我的心头！

深秋里，去感受大自然，去品尝人间烟火味。纵有繁忙万千，不忘给自己的心灵放个假。

山色空蒙沁人心

一夜的雨，醒来后却觉得有些燥闷，有种不安。

屋内能听到外面滴滴答答的雨水声，我想，外面的空气应该很好吧。"渭城朝雨浥轻尘，客舍青青柳色新"，这个春天，我已许久没在雨中行走，真是快忘记这清爽的感觉了！

雨中散步是极好的。昨夜的雨，时而大，时而小，时而急，时而缓。今天是周末，不用赶着点儿忙活，多好的时光，清晨的雨刚刚好，我在雨中吸收这美妙的氧气精灵。

电动车的小棚子上闪着晶莹的雨点，一个个很可爱，对着我眨巴着眼睛，等着容下我娇小的身躯。座垫上湿漉漉的一层，是雨水给我留下的痕迹。把垫子轻轻取下，放在座位底下，座位就能干爽无比，我感到喜悦。戴上一副护肤的大手套，雨水拍打在上面，挡住骑车所迎来的点点风雨。而且，我能看见雨在我的前方流动，多美的画卷。

"雨中草色绿堪染，水上桃花红欲然。"这大地的雨水，这浇灌生命的甘泉，还有那粉红如球状的樱花、鲜艳的杜鹃花，真是一幅秀美画卷。

豆大的雨点落在我身边，形成了一串串美丽的珍珠，如丝线般细腻地往下坠落。它们像孩童一般跳跃着、欢舞着。此刻的我，仿佛沐浴在雨中，清淡而舒适。

春日

　　乡野阳光普照万物，春日气息渐浓，桃树枝头的绿叶像美人弯弯的眉毛，粉色面容印在春光中，自在灿烂地笑。

　　接近中午的日头肆无忌惮，晒得母鸡们钻到树底下休息，见我们走来，便咯咯咯地唱起了悦耳的歌。它们似乎在炫耀，炫耀它们找到了一个好地方，一个既能遮阳又能享受到新鲜空气的好地方。

　　乡野的时光走得很慢，大人依然在田间、土里忙碌着，有的在厨房忙活午饭。

　　母亲在厨房做饭，她说不用我们帮忙。这些年，她习惯了独自生火炒菜，她说这样更好掌握她想要的火候。

　　隔壁小叔在大叔的池塘边砍了几棵黄竹，条儿倍长，竹子在太阳底下散发出的香味，是我许久没闻过的清爽。我在一旁观看，小叔叔说："不大不小的黄竹用斧头稍做处理，可当四季豆攀爬的杆。"

　　小孩在旁央求着让他做一根三节棍，小叔叔十分乐意地做了一根。阳光底下，孩子的脸庞似桃花一样鲜红，他两眼放光，等着那个期待许久的玩具。

　　小叔叔站在太阳底下，非常娴熟地把一根一根的黄竹子平均分成三份，每一根的底部都做成了尖尖的形状。小孩问他为什么要弄成尖尖的，他说："这样才更容易插进土地去呀！"

　　黄竹在小叔叔的手中轻盈起来，似乎他只要随意一砍，便能砍中该砍的位置。黄竹的光影在地上晃荡，旁边有一个勤劳的影子相伴。黄竹的枝头还留有零散的竹枝和竹叶，不用去除，做菜苗的杆，让藤蔓随意攀爬，自然是最好。土地装上这样天然的屏障，的确美好！

带着孩子在田边散步，是另一种美好。土壤软软的，田野里溢满泥土的芬芳，在以前干枯的稻草是我们小孩挚爱的毛绒地毯，我家孩子此刻的感受，也应和我一样吧。

远处的大叔弯着腰用锄头挖地，我看着那黄土，感觉像是以前从来没有被栽种过庄稼一般，正觉得奇怪，婶婶说："你大叔在田里挖坑，准备种上木梓树。"家乡的木梓树是一种茶油树，对面是荒芜了没有人种的沼泽地，土坯房推倒后，大叔把这些泥土全部填进里头，人不会沉下去。这沼泽地呀，正好有用处。

大叔鞠着身子，他瘦弱的身子，在阳光下突然变得高大起来。勤劳的人民，在阳光下熠熠生辉。

一声激烈的唢呐不知什么时候响起来。我以为是哪个叔叔做喜事，原来是一个叔叔正在学习奏出一些春天的音符哪！

乡野的春天多闲适，充满勤劳的气息，乡野的春天让人着迷！

阳光多肉

疲惫的时候,看看花,看看草,顿觉美好。

冬日里,阳光明媚,暖阳下的多肉植物让人觉得温暖无比。很多朋友在朋友圈像晒腊肉一样,把各种多肉植物晒了个遍。

一个朋友的多肉植物,全是一朵一小盆的,有青绿色的,像冬日里新鲜的小白菜一样可爱;有紫色的,小家碧玉型的高贵模样;有闪着蓝色光泽的,很多盆,像蓝色的海洋一般;有的火红色,像冬日里南方的枫叶般,深情满满;有的如绿色的小草,叶子更为厚实,一层一层地往上长,像芝麻开花,一节一节高起来……

校园的走廊上,阳光映照着一盆多肉,是我把它放在柱台上的,是我最喜欢的一盆多肉。这是一棵很大的多肉,它曾在老家的屋顶上度过了好几个年头。它没怎么受过我的照顾。有雨水的时候,它喝得饱饱的;没雨水的时候,它也熬过酷暑,顽强地展示它生命独有的光亮。

这盆多肉由十几朵组成,每一朵都很大。近日多肉还长出些小小的花骨朵,像一位母亲,生出了小宝贝。这盆多肉的颜色有两种,花瓣之上是红色,下边是蓝色,轮廓仿佛用红笔勾勒过,在阳光的折射下分外耀眼,仿佛镀上了一小圈红光……

一位爱养花的朋友和我说,这盆多肉植物名叫蓝宝石。它本是蓝色的,如果能在吸收很多阳光的地方长大,它会变颜色,变成红色。不仅如此,蓝宝石的颜色还会随着生存环境的改变而改变。如果在没有太阳的地方生长,那是淡蓝色模样。

这位爱养花的朋友种了很多这样的多肉，都是由一棵多肉植物繁殖而来的，有大大小小几十盆，每一盆都像一小块淡蓝色的天空，美丽极了。

喜欢草木的人，都有一颗温暖的心。我是不是也应该像那盆多肉植物一样，亲近阳光，变得更闪亮一点。在没有阳光的时候，就让自己的内心如蓝宝石一样纯净。

还有个朋友养了很多石头花，花如其名，有的如石头般呈土色，有的如绿豆糕状，有两片小小的半圆叶片，厚实而可爱。叶片中间有一条白线分开，远远看，有些像七星瓢虫的背。大大小小的石头花在一个盆子里，咖啡色、土黄色、褐色和绿色都有。

两朵花开了，花瓣是白色，花蕊是金黄色的，如美丽的野菊花，整盆花充满无限生机。花上还带些小斑点，不仔细看，真以为是一朵一朵的小蘑菇。

冬日的多肉植物，让我想到那打了霜的清爽可口的小白菜。那绿油油的小白菜是母亲在地里亲手种的，是我小时候最爱吃的青菜。

石头花让我想起那石头般的小蘑菇，我仿佛看见童年时代的小伙伴，我们一起上山采蘑菇，那时光真美好。

那时，阳光照耀着我们的脸庞，我们乐此不疲。其他丰富多彩的多肉植物，让我想到那无穷无尽的美——春夏秋冬的景色。

那些多肉植物呀，焐暖了我的整个冬天，真是一种情深意长的植物。

暖阳下的一树金黄

窗外有三棵银杏树。它们的体形各不相同，见证了四季的轮回。

春天来了，银杏树的枝丫还是光秃秃的，新芽嫩绿嫩绿的，一点点冒出来。那样子天真可爱，颇有春天的复苏之态。夏天的时候，银杏树的叶子郁郁葱葱，一片片挂在枝头，像一把把绿色的小扇子，又像少女的百褶裙一般。南方的秋季凋零得慢，银杏树的翠绿可持续到秋末冬始，碧绿油光。

当校园的银杏叶变成一片闪闪发光的金黄，当我怕冻的双脚穿上了雪地靴，当冬日的暖阳照在每一个我经过的地方，冬日的温暖升上心头。冬天，她真的来了。

当我穿上羽绒服，焐着热水袋的时候，我能深刻地感受到冬日的严寒；清晨开车，手感觉冰硬的时候，我能感觉到冬日正悄悄待在我的身旁；当夜里感觉手脚冰凉的时候，半夜咳嗽到难以入眠的时候，我知道，冬天正在向我走来，不动声色地想和我抗争到底。

走出去，让寒冷褪去。站在太阳底下，阳光从头顶倾泻全身，身心得以舒展，犹如银杏树那遍身的金黄，一个个小精灵挂在枝头，尽情释放。

我会坐在被太阳温暖过的车上，安静地睡一个午觉。别的什么都不想，只听冬日暖阳的召唤，透过玻璃窗，蓝色的天空和碎了一地的金光，映照着我的脸庞。

在午后慵懒地打一个无人打搅的盹儿，靠近冬日的怀抱，接近太阳的温度，此刻，我就是那一束金黄，触摸到冬日的讯号。

若是在乡下，定有大片避风的场所，把我晒到全身发热，我再美美地回房去睡一个午觉。新鲜的空气侵入我的鼻膜，还有哗啦啦的流水划过我的耳膜，远处视野开阔，近处绿色盎然，都是舒适的美好。

冬日的暖阳啊，我想倾入你的怀抱，在乡野感受你那无私的、博大的、温暖的怀抱！

冬日的暖阳啊，你洒在我的身上，从微微发热到热血沸腾，有你在我们便有了活力，有了希望。

冬日的暖阳，洒在教室的墙角，给靠近它的孩子点点慰藉。学生不再感觉到迷茫。

当微风拂过，片片精灵点头问好，好像在说，冬天来了，有太阳，我们就很美好。它们摇曳着，那片片纯金色的叶似一个个风铃般，发出阵阵唰唰的笑声，在阳光下闪闪发光。在远处的青山衬托下，这一树金黄更加夺目，更加耀眼。

我愿做冬日的暖阳，像银杏树叶一样，经过四季，有春的朝气、夏的蓬勃、秋的茂密，冬日闪耀发光。

我爱冬日暖阳下那一树的金黄，它们用绿色照亮自己，用金色温暖他人。

第二辑　故乡之流年

星星和萤火虫

夏天的夜晚，有种无言的美好。也许是小时候在乡野中长大，那宁静的夜晚至今让我难以忘怀。

满天星辰镶嵌在无垠的夜空，顿觉夏夜星空和湖水交相呼应，是神秘，是悠远，有种自成一体的浑然静美。

我站在湖堤之上往下望，湖面上一盏一盏霓虹灯在木栈道两旁，犹如璀璨的五彩星光，是守候着夜归人的灯火，格外温暖。阵阵夏风迎面吹拂而来，像温柔母亲的爱抚，如细腻的恋人之吻，划过皮肤，渗入心灵，让人无比心安。

夜里，风温柔地吹着远处的湖水，像微妙的耳语，在和水诉说着它的柔情。

星空中，北斗七星在闪烁，它们排成一个勺子的形状，灿烂无比。往更远处的深山望去，那满天的繁星如此迷人，如我心底永恒的追求。只要看见那永恒，便觉快乐无比。

星星之下，有几丛高高的竹子矗立在水边，有几丛立在半山腰，那葱茏之上的点点星光，映衬着那黑色苍穹，如一幅抽象画，美得深沉，美得夸张。

忽想起席慕蓉半夜在田野中作画的景象，我也想做出一幅画来。这意境之深远，这夜晚之美妙，如席慕蓉所描绘的夜晚一样充满安详和宁静。

远处人家的灯光，在夜境中和天上的星星一样闪亮，甚至更为闪亮，那是一个又一个温馨的家。

　　萤火虫掠过我的思绪，乡野中的萤火虫，总在小时候常玩的那一畦菜地的栅栏边出现，它们在桑树上飞来飞去。我们抓着一只，放在手掌里，两手拢着，从指缝里看它一亮一亮的，玩一会儿，便把它放走。

　　如今，萤火虫很少见了。今晚，看见天上无数星星的时候，我料想萤火虫应是变成星星的模样，给一直前行的人们点点光明。

　　我思念那些萤火虫，我并不难过，因为星星可以做证，我们曾那么接近过。

夜里的无助与温馨

有时，夜深人静，我还睡不着，内心会感到特别失落。想要熟悉而亲密的人紧紧地拥着入睡，就像小时候母亲拥着我入睡一样。

也许是小时候父母不太用拥抱的方式表达爱意，也许是内心孤独，终究无法排遣，我需要以一种冥想的方式度过漫长的睡不着的夜。

我觉得自己是很奇怪的，在漫长的人生旅程中，兴许我只记得母亲给予过我的温暖和爱，想念如悠悠潮水般涌来，吞噬我无法安放的灵魂。

读书和刚入社会工作不久的时光，若是我累了、困了、倦了、受伤了，难过到无法呼吸时，我才会打电话给母亲，哭着告诉她，我生病了。母亲在电话那头，带着急切而温柔的语气说："乖啊，快去看医生，记得多休息。"我连忙应着，眼泪便不自觉地滚落下来，流到两边脸颊，痛苦仿佛一并而出。

过不了两天，母亲准打电话过来，问："好些了吗？"多次确认我真的好了以后，母亲松了口气说："要多注意身体，没事了就好，没事了就好。"

其实，我不忍她难过，便说已经好了。那时，不管有多大的委屈、伤痛，因得到母亲电话里的关心我便心情舒畅很多，我真觉得闻到了她身上的味道，那种安全的感觉至今记得真切。

如今，我成家了，不会时时告诉母亲我病了，也不会和她说我难过了、受伤了。她年纪大了，需要更多的照顾，我不想让她担心。

只是偶尔，还想回到她的怀抱。想到母亲的怀抱，我会感动得落下泪来。畅快地哭完一场，能释放所有的不快。

间歇性的情绪会让我觉得没人在乎我，那些让我不快的事情倾盆而下，猝不及防。那时的我，没有一丝安全感，仿佛是浮游在众生之中的一颗尘埃，不知要落到哪里，又要被抛至何方。

天一亮，我便有了光，我又成了那个满血复活的真正的我。只是漫漫长夜，我享受了寂寞，得到了母亲怀抱的慰藉。

抚慰里有母亲的叮咛，她一直轻拍着我，夏日给我驱蚊，让我安心入睡。入睡了，我满脸都是幸福的味道……

藏在新衣里的母爱

小时候，每到过年，最大的快乐就是能穿上母亲给我们买的新衣裳。

腊月二十七是逢圩的日子，母亲总会带我们姊妹几个去赶集，为我们买过年的新衣服。那时候的衣服做工不及现在，比较粗糙。家里买不起较好的布料，一件再普通不过的衣服，也能让我小小的虚荣心得到极大的满足，开开心心地过一个幸福年！

转眼十多年过去了，母亲已经慢慢变老，我也不再是那个为一件新衣服就会高兴半天的小女孩了。如今我已长大，每到过年，最难忘的还是母亲为我们买新衣裳。每年过年，我也不忘为自己的孩子买一件新衣服。可这么多年来，我却一直没有为母亲买过一件新衣服。想到这里，我深感内疚。

眼看新年马上就要到了，这几日的天气极为寒冷。我和丈夫商量：什么时候带母亲一起进城，好亲自为她买一件新衣服。

我把这个想法告诉母亲，立刻遭到了她的反对。母亲说："我都这么大把年纪了，衣服能穿就行，还花那冤枉钱干啥？你们往后需要用钱的地方多着呢。"任凭我怎么劝说，母亲都不为所动。

后来，还是丈夫能说会道，好说歹说，母亲终于被我们带进了一家商场，经过半个小时的精挑细选，母亲最终对一款羽绒服较为满意。

可一看价格，六百三十元，母亲大惊失色。母亲说："够我和你爸一个月的生活费呢！"为了让母亲买得高兴，穿得舒心，我跟母亲说："妈，商场现在都在打折，不用这个价，您放心，我现在就去问问！"

我和丈夫分工合作。丈夫和母亲一边聊天儿，一边帮母亲试着再寻找别的合她心意的衣服。我在柜台和店员说了点话，直接扫码买下。待我走到母亲身边时，我故作轻松地对母亲说："商场优惠，打了个五折！妈，我们运气真好！"

　　母亲笑了，她说："这样我就放心了！你们不要买太贵的！太贵的衣服，穿在身上起疙瘩呢。"

　　看着母亲那日益增多的银发，我心里突然一阵莫名的感伤。这就是我们的母亲，她为我们操劳了一辈子，却还是舍不得让子女为她买一件新衣服。

人生马拉松

　　冬日的清晨，马拉松长跑比赛在小城举行。因事先不知这个情况，竟开车出门，准备去单位取一件重要的物品。而后发现，一路都有维护治安的人员拦着马路，为的是给运动员们提供良好的道路环境，所有车辆禁止通行。

　　那不如自己步行过去，没有参加过马拉松比赛，那就自己给自己来个小马拉松。步行也好，小跑也可。

　　因这样一个偶然的机会，我漫步在城市马拉松比赛的大道侧边，近距离地观察到了各位选手接近目的地时那一段现场赛况。

　　时间是九点多，马拉松比赛的选手肯定早就来了，如果还要做一些准备工作的话，他们应该是五六点钟便从黑暗中爬起。我在心里感叹着他们的执着，也感叹他们来比赛的勇气。

　　看着他们满脸汗水，我情不自禁地在心里感叹着一种精神。整条马路都非常安静，除了交警和工作人员等人微微的谈话声，只听见他们矫健的步伐声和沉重的呼吸声。

　　走在辅道上边的步行道路上，我在心底夸赞他们，向他们竖起了大拇指，或者给他们一个握拳的姿势，以示给他们加油。看见跑在前端的大部分是四十岁左右的中年男子，我产生了一点疑问：难道年轻人都还在睡大觉，没有来参加此次比赛？难道他们和我一样，也是为了孩子和一些琐碎的事情，不得不在周末的时候才能好好休息吗？还有一些年纪看上去比较大的老人，也在跑步。我走在小城的那条大道上，鸟儿的清脆声音在上空飘荡着,有工作人员和我这个不为人知的小女子为他们助威。跑步的队伍壮观,场面浩荡。

我看得入迷,情不自禁地用手机拍下他们坚持不懈的神情。而后,我略有所思:这又仅仅是一场马拉松吗?

那个跑在最前面的胜利者,他付出了多少汗水,才能取得今日的成绩,那些有勇气抽出时间来参加这次比赛的中老年人,仅仅是为了这一场马拉松比赛的胜利吗?

不,他们还有其他要坚守的精神。一位朋友那天晚上在微信朋友圈发表心情,他说他不在乎拿名次,而在于健康轻松地跑下来,对以后的比赛拭目以待。末了,他还在后面写下了下次比赛应该注意的事项。

是,这是一种精神,一种正能量的分享,一种超越的力量,更是一种对生活的热爱!

我还目睹两三对恋人携手同行,三五个挚友并肩前进,穿着同样的服装,或打着一些艳丽的标语,我甚至还注意到了几位年近七旬的老者在这条大道上默默地艰难地继续往前行走……

他们的脸上溢着浓密的汗水,像清晨的露珠一样透亮;他们的眼神坚定无比,如磐石一般有着坚硬的力量。这前进的动力,努力的方向让我看到,他们身上的这股气息也许不仅仅在这一次马拉松比赛中有所体现,我似乎看见了每个人的内在潜力,那些人生命中的另外一种可能性。

回望写作之路,何尝不是一场马拉松?工作之路,何尝不是一场马拉松?教育子女的道路,又何尝不是一场马拉松?人生中的每一次坚持,都是一次马拉松比赛。在这个过程中,或许有人同行,或许没有,但是每个人应坚持自己的珍贵选择,我们要尽力去奋斗。

抬头向远处望去,有个穿红色运动服的高大女子出现在我眼帘,她没有跑着,只是在一瘸一拐地往前走着,步子已经有些踉跄。待她慢慢地接近我时,我才看清,原来她的膝盖已经磨破了皮,她的腿好像也不太听她的使唤了。但是，她还是在坚持前行，她映入我的眼帘，然后又慢慢地和我拉开了距离，消失在远处那棵掉光了叶子的树下。她的影子渐渐变小，但却在我的心中留下了一个高大的前行者的烙印。

大概小跑了十五分钟，走了将近半个小时，我的腿有点发酸。要是让我去参加这次马拉松比赛，我能跑完吗？我只能说也许。仿佛记得我曾经参加过一次马拉松比赛，结果如何已然不重要，只因我坚持跑完了全程。

时隔多年，忆起读书的时光，大学坚持跑步的岁月，充实、简单而又美好，更重要是在日复一日的坚持中，我懂得了"不积跬步无以至千里，不积小流无以成江海"的深刻道理。

冬天的枯枝下，有这样一群努力奋斗着的人，那是一道绝美的风景，他们穿着蓝色的、红色的或者黑色的运动服，在小城的大道上努力奔跑着，给了我太多的感动。

人生是一场马拉松，未来的路很长，我们唯有持之以恒地热爱，才不辜负这一场生命的馈赠，让我们用刚强的毅力给萧条的冬日增加不一样的生机和活力吧。

清晨的慢节奏

寒假的一天，凌晨四点，她被雨水声吵醒，无法入睡，感觉自己睡够了。她思索着，整日没空看朋友圈的新动态，这会儿正好，她默默地看了个遍。时间真快，不知不觉五点多了。

起来上个厕所，雨还在不停地下，天也变了，去年冬天一直下雨，到今年春天还是一直下雨，这潮湿的春天啊，也不知啥时天就变了。

朋友圈北方的雪甚是美丽，那个女子估计快结婚了，真好，祝她幸福。朋友圈很多内容，都是关于战胜疫情的，那些一直坚持在一线工作的人，令人起敬！是啊，她想，在自己的岗位上奉献自己的力量，她是能做到的。虽然辛苦，可对于孩子、家长来说，那就是温暖，是爱的奉献，她也就知足了。

之后，她没再看朋友圈，转到微信信息首页，她看到工作群没有出现新消息，好生宁静。突然想起来，朋友圈的很多人都在做美食。

实在睡不着了，儿子正好起来上厕所，六点了，洗一洗，喝喝茶，弄个早点，时间慢慢地过去，慢慢地消逝，她慢慢地做完该做的事情。

每天匆匆洗漱、吃早点，今天就来个慢节奏的清晨吧。起来，洗漱后喝一杯热水，她的整个身子温暖了。

推开窗，小区的路灯像天上的街灯一样明亮，在这个不安的季节里，她仿佛看到了一丝曙光。真好，今天是北风，她喜爱北风，空气好清冷，她真的需要透透气。

回过身，她窝在沙发一角，用手机写了一段文字。灰蒙蒙的天开始慢慢明朗，一天清晨，在雨中、在沙发的一角，她的心很安宁，有种宁静的美好。

也只有在这时，她能清醒地感受到自己的呼吸，她多么需要这一刻清爽气息的滋润。她伸了个懒腰，全身舒坦后，做了几个简单的瑜伽动作，将沙发上被揉成一团的毯子，叠成了一个整齐的小方块。她躺着，用叠好的毯子做枕头，舒心、惬意。

为迎接新一天的到来，她还需要再打个盹儿。轻拉起窗帘，继续入睡。待她醒来，整个客厅都亮堂了。

雨还在滴答滴答地下，咚咚敲打着窗子。她不觉得烦腻了。在这样的一个清晨，有一种旋律是欢快的，像内心的小鹿在跳蹦。她开始为新的一天忙活起来。

打开冰箱，奶香味扑鼻而来，一直飘荡着，散到厨房。待她回到那沙发一角，戴上耳机，拿起一本书，叫《气质女人》。不多时，她又进入了另一个天地。

我眼中的汝城温泉

要说在冬天里泡温泉，那的确是一种难得的享受。汝城的天然温泉在冬日里温馨、舒适，让人畅意。正琢磨着这些字眼时，仿佛有一种成仙之感，一种妙不可言的感觉升上心间，让我如醉如痴。

泡在纯天然的室外大温泉中，是一种至高无上的享受。那天，我去温泉那边，有爱音乐之人在弹奏着高山流水般的美妙音乐，有情侣在浴池里嬉戏打闹，还有知己在温泉池里高谈阔论。汝城浴池一个个错落有致，有大的、小的；有温暖的、热气腾腾的；有纯净泉水的、牛奶池的……各种浴池，有不同的享受。温度不同，让人感觉不同，天气冷的时日，踏进一个水温40度的池子，你可能开始还感觉有点冷，不过，泡得越久，你便会感觉越暖和。在池里尽情地舒展，让自己借着浮力微微上浮，水波的温度和柔度，在这个冬天就变成了我心中最美的情愫。

人或许都是喜新厌旧的，或者说，人往往追逐不同的体验。既然来泡温泉，你当然想着不同的池子都去泡一泡。不然对不起花的钱，也对不住自己。

于是，我去了温度更高的温泉池，这里的温度用灯照着看得特别清晰：41℃—43℃。

晚上夜色朦胧，让人分不清路。夜晚的寒风，让人感觉到寒冷，裹着浴巾的我已经瑟瑟发抖。除了头部，全身进入这么一个温热的世界，感觉就是从冰天雪地走进了暖和的太阳的怀抱。

然后，我便待着不想离去。静静地坐在池边，坐在池边上的石凳子上，仰望头顶上方只露出一个小椭圆形的乌黑的天空，那是因为池的周围都是高大树木。树木很高，池子很低，我们又坐在池子里。于是，天空便成为一小块。听着哗啦啦的温泉流水声倾泻下来，冒着热气的浓雾便向那小小的天空中升腾，让人似乎置身于仙境之中。

轻轻地闭上眼睛，有古筝萦绕耳旁，有流水敲动耳膜，周围的一切都处在朦胧的葱茏之中，整个场景，便犹如黑暗中带着昏暗的光，那光柔和、妩媚，在天空之下犹如一颗颗闪亮的星星。

夜晚，周围的人很稀少，是我喜欢的那种安详的寂静。似乎万处皆寒冷，唯有此处暖。

啊，我真想就这样睡一个大觉！什么都可以不想，什么都可以想象。

当我在享受这样的美妙时，一曲让人熟悉的音乐在低吟。

人人都爱美，古有美人泡牛奶浴，当今一样流行。所以两个女人，岂能不去泡一泡牛奶温泉？

这时候起身，便一点也不觉得寒冷了。我似乎感觉到身体的热气在上升，犹如那袅袅升腾的雾气一般。

牛奶浴池，有一种纯洁的美好，光看水面上的乳白色，便让人心生喜爱。我揭开浴巾，放在旁边修剪整齐的树枝上，让身体尽情去吸收这营养，那舒爽的感觉简直无法用语言来形容。

温泉上空雾气似乎是在飘散。一丝丝微风，空气里仿佛弥漫着鲜奶的味道，如梦如幻。

空气里升腾着树木和青草的香味，混杂着一点儿烟味，定是有人在旁边或者附近抽着烟，伴着低缓的绵延的音乐，我这个对烟敏感的人似乎也闻到了这温泉周围不一样的浓郁的、好闻的气味。

夜晚泡温泉的感受大抵就是这样，有梦境般的美妙，有如诗般的纯净，还有一些羞涩。白天又是如何的呢？

那个温泉小镇里有温泉博物馆，我和朋友一起去参观。温泉旁边的河岸周围，有丹桂果实累累，河流里还冒着热气，芦苇在古式建筑旁随风摇曳。白天的景象和夜晚确实有些不一样，也让人看清楚了这个温泉小镇的本来面貌。

The sound of silence 的音乐，让人仿佛置身于一个清净之地。另外，温泉颜色各异，有莲叶池，有红酒池，有牛奶池，有绿茶池，有美容养颜池……绿茶池，让人仿佛闻到了绿茶的香味，莲叶的味道弥漫整个莲叶池，进到坐下时那水深刚好到颈部的池子里，让人似乎到了仙人的境地。一直低缓的音乐让人感觉温柔而舒适，仿佛有温暖的怀抱拥着你……

出水口玻璃珠似的水珠溅落下来，像大珠小珠落入玉盘般哗啦啦作响。伴着 The sound of silence 的曲调，我想象着自己的身心舒展开来，让汗冒出来，从我额头的发髻，从我通红的脸庞冒出来，一直以来的疲惫之感渐渐消失，只剩下真正属于自己的悠然时光。

低回婉转的音乐时有时无，仿佛在吟唱一首生命之歌，又好像在歌颂一种浪漫的感情，让人想到熟悉的年少时光。那古筝的声音忽远忽近，仿佛有人在弹奏，又仿佛是播放着的音乐，让内心无比震撼，也带给我无限的遐想。看着流动的水，我仿佛看见了流动的青春，获得了一种人生感悟。

一瞬间，每一个池子，仿佛如青春里遇到的那些大大小小的重要的人，他们在我的生命中化为一首首永恒的歌。青春岁月，如同那明镜般的温泉，自然，舒适而又美好。青春如同这活水一般，充满旺盛的生命力。

欢乐的时光总是短暂的，正如青春的河流不再复返，却给人无限的思念，久久停留在心里让人珍藏。

爷爷和风筝

又是一年春来到，我坐在体育广场上看孩童们放风筝，五颜六色的风筝在天上飞，让人感觉悠然自在。看到这情景，我不禁想起小时候爷爷教我放风筝的日子。

那时，父亲母亲都忙，没时间陪我们，爷爷经常带着我们姊妹玩。"刮着大风放风筝，风吹风筝随风行。"放风筝时，爷爷常和我们说这句绕口令。

爷爷常看新闻联播和天气预报，只要他看到天气预报说晴朗、风大，就会给我们小孩子做风筝。姐姐喜欢新白娘子，弟弟喜欢孙悟空，我喜欢小燕子，爷爷会满足我们每一个人的愿望。

爷爷算准了时间，他去屋后的那一片大竹林，砍一棵黄竹，把它扛到老客厅。小孩子们围聚在一起，观察爷爷是如何制作风筝的。

爷爷先把黄竹劈开，削成片状，再弄成三角形模样，用麻绳固定住。制作好风筝的框架以后，爷爷找来牛皮纸，用剪刀剪成我们想要的形状。接下来，在牛皮纸上画上我们喜欢的人物，这一点也难不倒颇有画画功底的爷爷。画好以后，爷爷把早就准备好的米糊取过来，把纸粘贴好。最后，在风筝的末尾加上细长条的尾巴，装上呢绒线，一个个栩栩如生的风筝便做好了。

待米糊干透后，我们欢呼雀跃地和爷爷一起去空旷的田野放风筝。路上，我们会经过一座桥，桥边杨柳依依，越过几片油菜花地，爷爷不忘教我们放风筝的诗："儿童散学归来早，忙趁东风放纸鸢。""钓艇移来垂柳岸，风筝系在杏花梢。""谁道春风无气力，纸鸢簇起苑墙西。"

田野里，爷爷先给我们作示范，他一手举着风筝，一手拿着线，带动风筝起飞。我们学着他的样子放起风筝来，可风筝怎么也飞不起来。这时，爷爷说出那句绕口令："刮着大风放风筝，风吹风筝随风行。"他解释说，要顺着风来放风筝，这样风筝就可以很快地飞起来了。

我们没少出错，有时还把风筝的线弄得打结，爷爷花费九牛二虎之力帮我们解开。要是风筝线不小心缠到了树枝上，难以取下来，爷爷也会尽力帮我们取下。

爷爷总是耐心地给予我们关爱与指导，看着风筝在天上再次飞起，我的欢乐仿佛一起绽放在蔚蓝的天空。

爷爷做的风筝，给我的童年染上了缤纷色彩，他的耐心也启迪了我之后的人生。

如今，爷爷离去已有五年了。他像那只风筝一样，在天空中远远地望着我。那牵引风筝的线，如我对他的思念，一直都在。

雨中漫步

上班时，对下雨没有太大的感觉。放假或者悠闲的时候，我是很喜欢下雨的，它能带给人一些精神上的愉悦感。

下过雨后路面湿答答的，备一双雨鞋，感觉更轻松、愉快。

在我们这个充满绿色的小城，雨天散步是极好的。空气最新鲜，空气中含有的负氧离子是最多的。

我喜欢雨天，路上人寥寥无几，得一个"静"字。悠悠缓缓地在街上走着，经过潮润的柏油路，脚步轻盈而踏实。树上的叶子落下来，雨滴蹦到雨伞上，树上有蝉鸣，所有声音是那么清脆。空气中香甜的味道，有让人微醺的美妙。

在绿荫小路上走一会儿，伴着远远的街灯，伴着细雨滴落的声音，伴着一阵风的轻抚，我进入了一个醉人的世界。

走在漫漫长路上，心犹如被雨水冲刷几遍，感觉得到了净化。在家待久了，外面的世界更加爽朗、澄净。

路旁低矮的植物，伴着雨滴，在灯光的晕染之下翠绿欲滴。小树林里的雨声更为疯狂，雨水溅到我的脚踝。人迹罕至的夜晚，那雨、那绿林是独属于我的。江面上蒙蒙一片，似雾似仙。

静静地待在一个屋檐下，大雨从树顶端的空隙洒下来，在路灯的照射下，似壮观的瀑布倾泻而下。雨下得那样大、那样密，如抽不尽的丝般绵延不绝。屋檐下的雨，似一根根冰条般落下来，无数的光泽闪耀着，像女人的项链那么明亮。

斜风细雨如雪花从空中洒落，晶莹的雨滴在眼前呈现，很极致的一种境界。静静地站在屋檐下，欣赏这幅美丽的图画，感觉自己得到了上天最自然的恩赐。

雨渐渐变小，我起身去往目的地。雨和道路紧密相连了，豆大的雨滴亲吻路面的积水，荡起一圈一圈涟漪。腿的清凉上升到了心里，暮春初夏的新雨，自下而上给我精神上的洗礼。

雨天，似一首优美深沉的钢琴曲，行走在雨中，撑一把大伞，不由自主地觉得安静，它让我真正地沉淀下来。

灰尘不见了，心里的燥热也退去了。雨是夏天的精灵，给人精神上的安慰，雨是优美的旋律，赠予我静娴诗意般的享受。

最爱那一片绿

累时，我会向办公室窗外的那片青山望去，远处的绿色充盈着我的眼睛。

"夏初芳草深"，凝望那深深浅浅的绿，它们仿佛在流动，在欢跳，在不停地生长。忍不住轻轻地闭上双眼，想象那抹绿温柔地贴着我，宛若一条清澈的小河，从心上缓缓流过；意识收回，睁开双眼，一幅优美舒心的绿色画卷，给我带来身心的愉悦和满足。

王安石《泊船瓜洲》中有一句"春风又绿江南岸"，这一"绿"字，曾让他苦思冥想，斟酌揣摩了许久，先后用过"入""过""到"等多个动词，后觉得这些动词都不如"绿"字鲜活。一个"绿"字，化静为动，巧妙地向我们展示出春风吹过后，江南万物复苏、生机盎然的动人春景。

绿，是我钟情的颜色。

"苔痕上阶绿，草色入帘青。"早春的嫩芽冒出土壤，萌发而动，泛着点点银光；青青草地，淡淡清香，停留在它们身上的露珠正在追逐阳光；蜿蜒的乡间小径布满青苔，绿到石头缝隙里去；湖面上碧波荡漾，绿浪在翻滚。挂在枝头的累累硕果，枝叶是它们生长的怀抱。"草不谢荣于春风，木不怨落于秋天。"绿，多么美好的情怀。

绿是蓝和黄混合而成的颜色，是沉稳与浪漫的完美结合。绿，犹如一位沉稳宁静的女子，袅袅婷婷，行走在四季光阴。"千里莺啼绿映红，水村山郭酒旗风。""绿树阴浓夏日长，楼台倒影入池塘。"在诗人笔下，绿成了浪漫情怀的象征。诗人不仅用这种颜色来描写"春来江水绿如蓝"，"碧玉妆成一树高，万条垂下绿丝绦"，还用来抒发与友人送别的感情，"春草明年绿，王孙归不归"。

"绿"是一种色泽美，也是一种形态美；"绿"不仅能表示旺盛的生命力，还能表示积极向上的品质：一棵长在岩石裂缝的小草和一眼望不到边的辽阔草原，长在乡间的葱茏万木和经过精心修剪的草坪，都能让我们看到生活的希望，给我们疲惫的心灵带来愉悦感。绿水青山，如我们的呼吸一样自然，朴实而无华。

最爱乡野夏季绿色的秧苗，如绿色海洋随风波动。有青蛙的鸣叫，有虫子的合唱，它们的语言映衬了绿的优雅。

清香的绿茶是我的至爱。望着远处绿色四溢，移身泡杯绿茶静心坐于窗前，闻着沁人芳香，"一盏翠绿将心醉，不问红尘是与非"，看一卷书，品一味人生，"人生若此虚静处，舍得神仙复何求？"

最爱那一片绿。无论季节如何变换，时空怎样转移，它都是我心中最自然最纯粹的底色，带给我生命的欢喜！

栀子花开 母爱飘香

五月——栀子花开的季节，迎来了一年一度的母亲节。母亲就像那纯洁的栀子花一样美丽，散发独特清香，陪着我们长大。

著名歌唱家阎维文唱道："你入学的新书包，有人给你拿。你雨中的花折伞，有人给你打。你爱吃的那三鲜馅，有人她给你包。你委屈的泪花，有人给你擦。"

母亲给了我们太多感动。母爱是一首诗，深深情意抚养我们长大；母爱是一支蜡烛，燃烧自己，照亮孩子前行的路；母爱是一首歌，用生命期盼孩子的美好未来。

无论何时听到这首歌，我都有潸然泪下的感觉。

母亲节前夕，我在网上给母亲买了一双鞋，母亲节那天，鞋子正好邮寄到了家里，我给母亲试穿鞋子时，她像个孩子一样笑意满满。

丈夫说："母亲节，我们准备准备，妈来城里一起吃顿饭吧。"母亲说："就在家吃吧，别去下馆子了，这样太破费。"我、丈夫都说不要紧，左说右说，她总算同意。

其实，母亲差不多每天都会来城里卖菜，那是她在老家自己种的菜。母亲常来县城，她和父亲却极少到我们家吃饭，一来她觉得麻烦，更重要的是，他们还惦记着自家养的鸡鸭，生怕饿着它们。这感觉，像极了小时候母亲无微不至照顾我们的情形。那时，母亲总是很早起来，为我们姊妹做好早餐。我们放学回来，她便抓紧从田地里赶回来为我们做饭做菜，督促我们按时完成老师布置的作业、认真洗澡、睡觉等。

母亲自己也总是早睡早起，跟着母亲的节奏，我们也很早起床。甚至我大学毕业后，母亲依然很早起床。小时候，我不明白是为什么。时至今日，我才明白，她早起是为了家人而努力奋斗。她的想法很简单，有时是想让家里人吃上一顿丰富的早餐，有时是为了让父亲吃饱一些，再去外边做事。

母亲的一生受过太多的磨难，她曾和我们说过，以前没东西吃的年头，她那一辈的人吃过树叶。母亲小时候上学要走很远的路程，还要赶着去生产队做事，上到初中就没再上学了。在那个年代，能初中毕业，也算是高学历，以至于后来母亲还能在学业上给予我们指导和帮助。

母亲老了，脸上的皱纹多了起来，像一根根枯藤盘曲在老树上。她手上的青筋凸起，像两条长长的蚯蚓经过淤青的泥土地。有一天，我也会和母亲一样，成为一个老人。我想我也会像母亲一样，永远活在子女的心中。

当自己成了一位母亲，便更懂得了母亲的不容易。我和弟弟两人都上大学了，母亲依然关心和牵挂着我们。可那时，我只有不开心或者生病时，才会想起给母亲去个电话。离家千里，能听到母亲的声音和安慰的话语，便会知足地落下泪来。

小时候和年轻时，总是不懂得母亲的不容易，长大后才明白，于是我选择留在她身边。即使生活会困难一些，能陪伴在母亲的身边，我便一生不留遗憾了。

但丁说："世上有一部永远都写不完的书，那便是母亲。世上有一种最美丽的声音，那便是母亲的呼唤。"

母亲是我人生中的一本厚书，品不尽的是母亲的关爱，说不尽的是对母亲的感激，带不走的是母亲留给我的记忆，读不完的是那篇关于母爱的连载小说。

送上给母亲买的鞋，带着母亲出来走走，她便开心和满足。带母亲去店里吃顿饭，她却觉得花钱多了，她是多么为我们着想！

可怜天下父母心，愿母亲永远平安、健康！

北风如我

冬日的清晨起来，没开窗。夜里关着窗，抵御寒风来袭，所有窗玻璃被一层厚厚的水雾蒙上，看不清外边的事物，朦胧而清冷。

屋内空气闷热，地板潮湿，我误以为是下雨了，以为大雨渗进了屋内。

我打开窗，光线透进屋里，看见些许污渍。准备扫地，地板潮湿，扫过去有一道抹不去的痕迹，如此鲜明。我才确定：哦，原来是个南风天。

这种湿漉漉、一动就出汗、暖和得不太对劲、晚上让人难以入睡的南风天，我是不喜欢的。

不论哪个季节，只要有南风天，在我们这个江南小城，都不会让人欢喜的。

这些年，我对天气或许更为敏感。每到南风天，就像夏天即将到来一阵大雨一样，闷中夹着烦躁与不安，令我难以入眠。

要是南风天发生在冬日，家里会有种发霉的气味，飘浮于上空，让呼吸变得不再顺畅，衣橱、厨房、书架上……到处都潮湿起来，让人生出不快之感。南风天的闷热让人难以忍耐，似乎心里憋着一桩心事，总是无法释怀。

在下了一阵雨后，心便突然打开，而后豁然开朗，像一个人排解不快的过程：烦闷后，憋着，之后爆发；哭完以后，归于平静。遇上不开心的事情，尽情大哭一场，会觉舒坦和畅快。

难以入睡时，会做些哪些事情呢？看朋友圈，或学习，想一些白天还没有想清楚的事情……似乎更难入睡。当然，偶尔能学习到很多，跟着大伙儿的趋势走，不至于迷失方向。

疫情期间，大家隔离起来防疫时，朋友圈多了许多做美食的人，多了许多爱写作的人，多了坚持在各自工作岗位上的可爱之人。那些日子，虽有悲伤，也有许多美好的生活片段。

当然，我也做了许多的事情。做美食，运动，看书，写字，觉得自己还有很大的上升空间，"人外有人，天外有天"，保持努力与热爱，就足够。很多时候，我是那个不想招人注目的人。

这南风天，不招人欢喜，影响到了人们生活的各个方面，也让人产生了一些思考。

只是我一直相信，自己总是可以排解的。当不干脆的南风转化为爽快北风的时候，我就成了那个轻快自在的我！

北风来了，疫情过去，一切又都好了起来。疫情期间，大家在朋友圈的分享与鼓劲，我们体会到了不同的感动。

北风，让世界变得更干净、整洁、美好！

童年的雨天

小时候，淋着雨，在房屋后用竹棍敲打树上的李子。李子如玻璃弹珠般，掉落到湿漉漉的草丛里，我们得寻觅好半天。

李子收拾好，用荷叶包着带回家，洗干净，吃上几个特别开心，是快乐的满足。

长大后，坐在书房，捧着书本，看几页，软绵绵的稿纸上抄满了黑色的字。

忆起那杏花春雨江南的画面，听着滴滴答答雨声柔柔的呼唤，便觉诗意，有种幸福的安稳。

那银杏树的叶子绿了，绿得发亮，绿得均匀，绿得让我想起小时候回家的路。

那小溪里的水满了，波光粼粼，就要溢出来，流到路边，流到旁边的田地里。

看着那哗啦啦无比热闹的一切，孩子们的世界仿佛一下子活跃起来。

摇晃着雨伞，走在乡间的小路上，我在想：那块草坪上，有坑洼的地方，一定留着清凉的一汪小池。

到了常玩的那一处小乐园，在草地的水坑里，我们玩过家家。追逐嬉戏，做游戏，玩比赛，一起跳过那浅浅小溪的两端，清脆的声音掠过小溪，到达了山岗。

雨天时，有些画面依然会在我的眼前晃。三个小女孩，着不同颜色的花衣衫，她们行走在乡村的小路上，边玩边往家走。她们穿着雨鞋踩水花，快乐比雨水还要满，笑声在整个寂静的山谷回荡。

　　美丽的童年，欢乐的追逐，已一去不复返。带着美好回忆，我们各奔天涯。

橙香溢满初冬

我的家乡在江南，江南的一个小城，也是脐橙的故乡。

暮秋时分，在朋友圈陆续看到那一抹金黄。这让我想起北方的银杏叶，那是充满魅力的颜色。

去年初冬，橙子成熟，黄澄澄的颜色。仿佛一夜之间，个个都出现了那一抹橙黄。

看着诱人的金色橙子，有句诗不由自主涌来："一年好景君须记，最是橙黄橘绿时。"初冬时节，脐橙或许是每一个思念家乡的游子最深情的想念。

天气晴朗的日子，我驱车去乡下采摘橙子。脐橙长在水塘边，数十棵围绕着池塘，池塘像一面碧绿的镜子，脐橙树影倒映其中。橙子树上结着金色的果实，个个似小小的太阳，温暖着你的眼，让你觉得尘世温和，人间值得。

那饱满的颜色，仿佛让你懂得冬日里最深情的告白，大概如此。它们似乎在告诉每一个经过的人，这般鲜艳的果实在寒冷的冬季你也一样可以追寻。

轻轻摘下一个果，感觉真好。这是自家种的，摘下来即可吃，最新鲜的水果莫不如此。拿跟前闻一闻，一阵橙香味扑鼻而来，一种久违的清醇飘逸在空气中，让你感到这是人间最美时刻。

你迫不及待地想尝尝鲜，想知道今年的脐橙是否和去年的一样好吃。把金黄的果实在泉水里洗净，剥开，有一股更加浓烈的香味喷入你的鼻腔，你的口水就要溢流出来。凝视着果实里边淡黄色的果肉，你简直忍受不了这清新的诱惑。于是，你来不及把果肉分成瓣，直接咬着吃，汁液滴落到你的手上。你不管，你正吃得津津有味。边吃边说："这果实真甜，还是自家种的好吃，农药打得少，纯天然的美味。"

不过，又何止是你家这黄澄澄的橙子如此鲜美。整个赣南，暮秋到初冬这段时间，那是脐橙丰收的时节呢！

"一方水土养育一方人。"赣南这块水土，很适合种脐橙。去年家家户户都有脐橙收成，果园遍布赣南各地。

我们一起去了崇义的龙沟摘脐橙，一个大果园，大家一起摘脐橙。摘好了，放在自己的袋子里，称好，付款给果农，装上车，带回家。摘脐橙的乐趣，相信你能懂。

自己摘脐橙，可以边摘边吃个饱。这里家家户户都是如此，不计较这么一点，你可以吃饱肚子后，再把自己摘的脐橙带回家里去，让家里人也吃个饱。

脐橙带回来，放在办公室，每天大家一起吃脐橙，补充维生素 C。如果有人不愿意剥，就用水果刀切成瓣，大家一起围着桌子吃，特别有乐趣。冬日里的寒冷，在那一刻会散去。

大家带来的脐橙来自不同的地方。有的是果园摘的，有的是自己家里种的。于是吃的时候，便多了一份乐趣。大家用自己的味蕾进行对比，哪里的更甜，哪里的既实惠又好吃。

橙香溢满整个冬天的感觉很美妙。初冬的温暖在橙子里生长，也带给了我们很多美好的情感。

在外地的朋友，在朋友圈看见家乡人拍的脐橙，他们定会让家乡人邮寄过去给他们。甚至，有的还要求邮寄好几箱！

冬天，他们吃着家乡的脐橙，或许就感受到了亲人带给他们的永远的温暖吧。

南湖，心灵的沉静之行

南湖，距离县城大约十公里路，开车约二十分钟。

南湖是一处远离都市喧闹的清净之地。

春天的早晨，开车至此，在这湖边的道路上行走，"吹面不寒杨柳风"，像母亲温柔的爱抚。鸟儿的歌声拨动着春天的琴弦，清洗着我塞满俗世喧嚣的耳朵。若是幸运，有白鹭吸引我驻足眺望，它们在湖面上飞翔，那悠然自在的神情，让人恍若置身于人间仙境之中。湖面上升起浓雾，仙气氤氲。两岸景色似浸润在一片轻纱之中，是一幅淡淡的阳春三月景观图。

有人在小船上自由地用桨划行着，随着桨的划动荡漾出一圈一圈的漪涟，湖光山色中多了一份动感的快活，积压已久的心事随着涟漪渐渐远去。

道路两旁的杨柳在微风中摇摆，这是春姑娘美丽的长发在飘扬。桃花红，柳树绿，对面的青山、远处的房屋，形成了一幅绝美的江南图画。这里"无车马喧"，我甚感"心远地自偏"。

长大以后，我少有休闲时光；也许每个工作日的夜晚，我从来没有想过用心聆听一下大自然的声音。

这里会有儿童在放风筝，笑声朗朗；有老人坐在青青草坪欣赏湖光山色，云淡风轻；有年轻人在这里谈天说地，情深意长；有喜好读书之人在这里捧一本书坐一上午，内心安静且丰盈……

南湖是我心中的一片乐土。

而今的盛夏之夜，出来透透气，会有宋代诗人杨万里写的《夏夜追凉》之感慨："夜热依然午热同，开门小立月明中。竹深树密虫鸣处，时有微凉不是风。"

　　不过，去南湖吹吹风，那就不一样了。

　　这里水上小路会让我浑身清爽，在这个幽静深远的地方感受清凉如水的夏夜，是我心中的企盼。

　　南湖的垂钓中心，夜幕笼罩，深邃的天空中镶嵌着无数闪亮的星星，每一颗都在向我调皮地眨眼睛，它们会扫去我一身的疲惫，开启我心中的明灯，为我指引明天的路。

　　星光璀璨之下，缓缓走下那逼仄的台阶，就到了一个中央平地，木栈道下边用了一些有浮力的轮子固定，安稳而结实。

　　"明月出天山，苍茫云海间。"朦胧的月色之下，我看见几对恋人在桥上散步，到了这如诗的地方，他们说话的声音也极为温柔。宁静的湖光旁边，树影婆娑。远远望去，可见依稀的灯光时隐时现，添加了几分夜的优雅。

　　踱着步子向前走去，河里的水离我很近，徐徐清风在我的面上轻揉，感觉到从未有过的凉意。远处的山，在月色和星光的映衬下如一幅抽象画，没有白天的一目了然和绿色肆意，却让我看到了它此刻的沉静与豁达。

　　在这些木栈道的旁边，有一些翠竹，它们似立在水中，这让我不禁想到水上之城——威尼斯。

　　夏季的夜晚，这里就是我心中的威尼斯，湖上的三条宽阔之路，可以供我们行走、游玩和纳凉。

　　在这朦胧夜晚，听到有人在大声地呼喊，这是一种高兴的呼喊，他们自带了凳子和小桌，三五知己在这里闲情小酌。

　　忘记多久没感受那凉凉的清风和朦胧的月色，只是从这里回去以后，我竟梦见自己还在南湖，吹着风，欣赏着它的美，心灵无比安宁……

初秋的雨

　　天空开始昏暗下来，以为是夜晚。哦，原来是快要下雨了。只见天空乌云密布，风呼呼地吹着，吹得树枝一会儿偏向东，一会儿偏向西，吹得禾苗快要弯了腰。

　　秋雨来临之前，好像没有雷声轰轰，不像夏天的雨水那样急躁，只是厚重的云层泼满天空，仿佛即将倾吐出一首优美的诗篇。

　　鸟儿在树枝上停止了歌唱，蝉儿收起了它们悦耳悠长的声音；虫儿也不再唧唧叫嚷。它们似乎都在屏息凝神，等待一场秋雨的盛装出席。

　　秋雨没有辜负乡村人的愿望，秋雨没有辜负云儿、鸟儿、花草树木的默默等待，也没有辜负风儿的阵阵来袭，它急速轻盈而下，如一场幻梦。

　　初秋的雨，总是让人觉得凉快，秋气飒飒，远处的树梢沉浸在一片朦胧的水雾之中。"飞雨动华屋，萧萧梁栋秋。"从天而降的雨，洒落在窗台上一片滴答声，让房内的主人知道它的到来。

　　初秋的雨，还有点夏天的模样。它只是一阵一阵地下，而后，吹一阵秋风。于是，夜晚散步的人便多了起来。

　　初秋的雨，洒在有禾苗的田野里，禾苗大口地吸收着雨水，仿佛是它们生命里的琼浆玉液。

　　禾苗一望无际，碧绿的叶子伴着点点金黄的稻穗在秋风中摇曳着柔弱的身子，有一种将要收获的美妙。

　　一阵秋雨以后，禾苗们点点头，似乎在感谢这秋雨的无私滋养，也许还想着，能不能再下一阵给它们解解渴。

秋雨来临，那些虫儿叫得更欢畅了，秋蝉开始歌唱这秋雨的到来。

在暮色霭霭的傍晚，秋天的田地镶着金色光芒，陪伴着远处的村庄，有一种别样的明艳。

这时候，我突然觉得乡野的景色，是我心底这么久以来一直的追求。

秋雨过后，小朋友们便又去对面的小广场玩耍了。有的在打乒乓球，有的在投篮，有的在田坎边走走，也有的只是跟着大人一起出去摘一点菜……

每个人的心情都舒畅了起来，就像雨来时给人带来的凉快一样，只是静静地看着，便觉得它是那么美好……

盘绕在屋后篱笆外的月季花开得更加夺目了，大红大朵地挂在带着点儿刺的藤蔓上，趁着夕阳的余晖，散发着迷人的馥郁的芬芳。

秋天的雨，让人觉得沉稳、迷人。

我爱这秋天的雨，似一首舒缓的音乐，那定是一首钢琴曲。秋雨来临，夜晚定让我安心入眠。梦中有秋雨，醒来心也甜。

我爱这秋天的雨，它让我看见了生活的美好，让我看见了生活的美妙，更让我在慢慢欣赏中沉淀了自己的心情，让我拥有更多的力量继续前行，为美好而努力！

第三辑　流年之故事

怀念家乡的雪

童年的记忆中，有雪。

那时候住在乡下的木棚子里，北风呼呼地刮着。木棚子有缝隙，会吹进很冷的风。

我们姐妹几个，在灶头用火烤手脚，脸蛋儿通红，我那长着冻疮的脚，在温暖的火苗旁更加发痛发痒。

即便如此，看见鹅毛大雪在外面飘着，我也会蹦着跳着跑到外边去，把手伸向空中，试图接住一些雪花，然后等它们在我的小手掌上慢慢融化。那种感觉无比神奇，仿佛一个个白色的小精灵突然被施魔法似的消逝不见。

我们姐妹跳跃着，试图接住每一片雪花，直到母亲召唤我们回去吃晚饭。

第二天，我们早早地便会起来，屋顶上、树上、远处的田野，一眼望去全是白茫茫的一片，屋外厚厚的一层雪。母亲会把干净的雪用一把洁净的铁铲铲到一个玻璃罐子里。母亲说，加上一些作料，可以用来腌制豆腐。

那腌制的豆腐果然有其独特的味道。这么多年过去了，我依然怀念着这像雪一样纯美的感觉。

我和小伙伴们，在雪地里滚雪球、打雪仗，也堆过雪人。那年那场雪，在我记忆中是清晰的，是印象中我所处的南方最大的一场雪。

后来的一场雪，记得是在一个清晨。下得也大，大概是我刚上小学的时候。

孩子们都起来了，猪棚、牛棚等各式矮瓦房垂落下来的冰条晶莹剔透，我们的手刚好能够着。摘下一根，放在嘴里当夏天的冰棍吃，或者把冰条放在地上，看着它慢慢融化。也是在那个时候，知道冰并不那么纯净，里面夹杂着些许细黑色的小疙瘩。我们也曾做过实验，把冰条放在碗里，等它慢慢融化以后，会有一些杂质沉淀下来。

自那以后，知道母亲在下雪后铲的雪为什么要先进行沉淀，再用来做美味的腌制豆腐。

我们也会爬上屋后的后山，去看雪。雪盖在青色的杉树上，真是美极了，整个小山丘，宁静得出奇，颇有"千山鸟飞绝，万径人踪灭"之态。那山丘上的翠竹竹枝和竹叶上，都堆满了雪，向下低低地垂着，好像也在欢迎我们到这清寒的山岭来游玩。那弯弯曲曲的山上小径，只留下我们小孩子的脚印，一串一串的，就如同一串串佛珠躺在白色的被褥之上，有种超尘脱俗之感。整个山间，只有我们小孩子清脆的欢闹声，我们登上山顶，看着下面的房屋，条条炊烟袅袅地升起来，别提心中有多欢悦！

而后，见过的少有的一两次飘飘洒洒的雪，没有那种熟悉的印象，厚厚的积雪没有再现，冰条也消失不见。

只是在我的记忆中，仍然怀念家乡那厚厚的积雪，母亲会铲来做佳肴的食材，也怀念我们姊妹一起吃冰条、玩冰条的美好时光。

最美"战疫"女人

女人之美，有千百种。古人有之，"灿如春华，皎如秋月""何彼秾矣，华若桃李""淡白梨花面""俏丽若三春之桃，清素若九秋之菊"。列夫·托尔斯泰也曾说过："人不是因为美丽才可爱，而是因为可爱才美丽。"在这抗击疫情期间，那些可爱的女人，正是最美的。她们就是托尔斯泰所说的那群人，不管时代的潮流和社会的风尚怎样，她们都可以凭着自己高贵的品质，走自己正确的道路。

她们冲锋在前，留下"最美逆行者"的身影，她们昼夜无休，不能吃太饱，不能多喝水，只为了能多工作几小时！她们救死扶伤，迎难而上。她们是奋战在一线的医护女人！

我们县人民医院的主管护师冯丽萍，正是其中一位，她无惧死亡，逆风与家人辞行，给武汉人民带去了点点星光。她留给孩子的，不仅有思念与牵挂，更多的是那大爱闪烁着的无限光芒。

"有美一人，清扬婉兮。"她们便是一位位坚强勇敢、无私奉献的教师。她们心系下一代，网上教学；她们是一个个不舍昼夜、舍己为人的平凡姐妹，不辞辛劳、日夜坚守；她们一幕幕可歌可泣的感人瞬间、美丽身影烙印在每一位学子的心中。她们是母亲，是妻子，是女儿，更是一名辛勤耕耘的园丁！

她是众多园丁中的一员，疫情期间，每天都有她辛劳的身影。当她执笔在备课本上书写思考的痕迹时，双眼温柔；当她轻声在屏幕下耐心讲解时，笑脸浅吟，更显岁月悠长；当她刻苦钻研，在书的海洋中留下足迹并埋头书写的时候，更显心灵芬芳。

"此女只应天上有，人间难得几回见？"疫情当前，交通管制，封闭管理。她们活跃在各个大小城市。责任在肩，无论白天还是黑夜，无论低温还是雨雪，她们不后退。面对亲情的呼唤和家庭的责任，她们依然坚守在前线，逆向而行。因为她们的身后是人民的希望，民族的期盼。她们就是我们最可爱的人，她们是我们的巾帼民警们！

她是我的老乡，众多民警中的一员。她放弃假期，主动迎接任务，英勇奋斗。她舍小家顾大家，严把入城关口，危难之际，为让疫情远离全县群众，发挥着她微薄而又强大的力量。春节期间，她原本可以和家人共度佳节，但她坚持到最需要的地方去，只为那一份使命，那一份对党和人民的忠诚信仰。她带给家庭的，除却些许遗憾和愧疚，更多的是一个女人坚定和执着之美！

"共道幽香闻十里，绝知芳誉亘千乡。"她们有着崇高的精神，把生命融入事业当中，做着主动担责、数据对比、上户宣传等工作。她们把真心交给群众，把肝胆忠心献给组织。那些先进事迹和荣誉就是她们真实的镜子，镜中的女人如同春花一般动人！她们是共产党员！

她，是那镜中的一人，是我们学校的一名党员。在思想上，她先公后私，全心全意为人民服务；在心态上，她保持谦虚的态度，吃苦在前、享受在后；在行动上，她具有理论联系实际的能力，雷厉风行，不怕苦、不怕累，倾心解决师生们关心和关注的问题，为师生们办好事、办实事；在立场上，她坚定以人民为中心的立场，紧紧依靠人民实现奋斗目标。她如同一块完美无瑕的翡翠般熠熠发光，美得耀眼，美得神圣！

她们带头加强个人的防护，普及防控知识，坚决抵制谣言；她们遵照当地党和政府的统一指挥，统一安排，为老百姓分忧。她们给每个城市增添了一抹春的绿色，她们是美丽的志愿者们！

小丽是我的朋友，是志愿者中的一个。她每天准时出现在不同的小区，给进出的居民量体温、登记信息并查验相关的证件，耐心地给小区居民宣讲防疫知识。她总是说："相比普通的群众，我知道的更多，所以给群众讲知识、做宣传都更有利。"她利用下班或者休息的时间参与疫情防控站点的值班，有时候值班到深夜也没有怨言。她是一个真正务实有效的行动者！在寒冷的冬夜里，被路灯斜照拉长的身影，温暖着每个路过者的心！这种美，真是皎洁得如同秋天的月色一般！

"远而望之，皎若太阳升朝霞；迫而察之，灼若芙蕖出渌波。"她们是企业家，或者是个体户。在这关键时刻，用实际行动，践行着为人民服务的价值观。她们是幕后英雄，但脚步从来不曾停下，持续地密切关注着疫情的发展，全力支持各地的战疫阻击战。她们有些离我们很远，"若太阳升朝霞"，但有些就在我们身边。

她，是我们班的一名学生家长。在这抗击疫情筹备物资的关键时刻，通过多方努力，给我们学校捐赠了大量物资。感激这位家长的"雪中送炭"，更感叹这位母亲的心善与大爱。疫情隔离的是病毒，隔不断的是千里传温情，这位母亲的关怀暖入人心！"急难有情，情有馀兮。"我似乎又看见了她那桃花般淡粉的脸蛋和嘴角浅浅的笑意，温暖了整个"被疫情延长的寒假"！

古有驰骋沙场的豪迈女子，今有把青春、爱心和智慧奉献给华夏的女人。她们用行动和生命诠释了人生的意义。"宝剑锋从磨砺出，梅花香自苦寒来。"这些女性用自己的温柔、善良、勤俭和无私书写着自己无悔的篇章。她们是新时代女性的代表，"燃烧了自己，照亮了别人"，她们"不畏浮云遮望眼"，她们"只留清香在人间"。她们是一缕春风，一泓清泉，吸纳了日月星辰之精华，舒展出无限的人格魅力！

寄相思，更懂珍惜

有一年清明节，我们回到了乡村的老家。

碧空如洗，有些云朵飘荡在空中，如一个个棉花糖似的挂在空中。

门前的河流在堤坝下奔着往前走，春花开得肆无忌惮，鸟儿一直鸣叫，似悠扬的笛声。阵阵春风起，树叶随着摇晃起舞。河流声，声声入耳；鸟儿鸣，鸣声悠扬。河畔绿芽萌发，柳丝吐翠，在阳光下闪着透亮的光。

吃过午饭，丈夫把那些要装纸钱的袋子写好名字。白纸黑字，端正而沉寂。不久，我们上山。到了山上，婆婆开始准备烧纸钱给祖先们，我们也忙碌起来——清理墓地的杂草。拔草的拔草，锄地的锄地。小孩子也围过来一起帮忙。不多时，我们把带来的点心奉上，将装满纸钱的袋子点燃，寄予我们对先人深深的思念。

吃过晚饭，我们准备回城里。

乡村之路充盈着灰蒙蒙的暮色，路边的人家也正在烧纸钱。团团的火焰，或明或暗，像一个个天上的启明灯在闪烁，它们寄一些希望之光，给那些逝去的亲人和祖先。火势向上蔓延，旁边的人在认真地用一根不易燃着的木棍或者竹竿轻轻地掀起一小堆一小堆的纸钱，让它们尽情地燃烧殆尽。有两三个人围在家门口的，也有一家子全部集中在门口附近烧纸钱的。这仪式呈现在乡村的柏油路旁，因为没有灯光，只有火焰，格外引人注目。

我坐在车上，看着路边一团一团烛光般的火焰，温暖而宁静，似乎自带一种前进的力量。

儿子在车上突然问："妈妈，真的有神仙吗？"

"应该没有吧，只是代表了人们的一种美好的愿望，心里便觉得有神在。"

之后，他静静地睡着了，而我继续思索着那明艳艳的火苗。

是啊，这些火苗，承载着人们很多美好的愿望。每年这种在乡野中的缅怀仪式，总是能让我生出一股在心里落泪的震撼。

它们如城市的灯光一样美丽，却似乎更为生动。孩子们围在一起学着大人模样烧纸，碰到明亮的光，又害怕地往里头一缩。来来去去地接近火光，又缩回来，一会儿远离，一会儿靠近，真是可爱。

那富有生命的火焰，就这样在空旷的水泥地板上或者泥土地里燃烧殆尽。幽深又高远，给人无尽的念想。每户人家小心地照看着那一小堆一小堆的似山丘一样的礼物。垒着一些沉思，静静地带给那些自己熟悉的亲人或祖先。

我望着外面渐渐变成墨色的天空，静静的，只有三两朵乌云挂在空中，似乎在荡漾，似乎在牵挂。远方的一颗闪亮的星星眨着眼睛，俯瞰一望无边的原野，树木阴森森的，树梢一端似乎也蒙上了一层灰色，诚如这个节日一般，带给人点点愁绪。一股淡淡的纸钱的香气仿佛扑鼻而来，相思的愁苦再一次涌上心头。檀香的味道一会儿随风而逝，升上了天空，化作灵魂的慰藉。

在那一刻，我更加明白了生命的意义。烧纸寄相思，因为曾经逝去，所以更懂珍惜。珍惜和父母、孩子、亲人的相聚，珍惜当下的生活！

小镇的花　美好的人

　　一次偶然的机会，我和婆婆一起陪着孩子去了镇里。忽然想起小叔在镇里生活多年，许久没见了呢。

　　那天正好是周日，又恰逢圩，街道中心很是热闹。绕过人群熙攘的菜市场，我们径自往上走。

　　从一家店门口经过，婆婆说那儿的包子好吃又实惠。来到一个店门口，很多花摆在那儿，有多肉植物，有铜钱草，还有一些其他的花草。

　　有一盆花极引人注目，它的枝头上缀满了蓝色的花朵，在这深秋时节，让人赏心悦目。我正寻思着是不是蓝星花，店主出来了，他告诉我这个叫蓝雪花。我一看地上，这些蓝色花瓣像雪花一样落下来，不负其名蓝雪花。我蹲下来又仔细地看了看那个花瓣，有五片，叶片翠绿，花色淡雅。它的枝干也比蓝星花的枝干更高更细，柔和得很，给人一种飘逸的感觉。

　　再仔细看那铜钱草，长得茂盛无比，绿色宽大的叶子，让人觉得美好无比，我伸手过去一撩它的根部，发现根部长得极高，我内心非常快乐，连夸店主把花养得极好。

　　后来，我觉得店主很面熟，原来，他之前给我们家装过空调。当然我只见过一次，有点记不清了。他高高的个子，神清气爽的模样，和我婆婆说着那彼此熟悉的镇里家乡话。

　　他那里还有很多其他的花，加起来应该有二十多盆。我问他："这些花，你都是用来卖的吗？"他说："不是的，用来看的。"

多好，用来看的，花，便是用来看的。今天逢圩，想必有人像我一样，走到这里，停留下来，静下来欣赏了一番这些花草吧。他的铜钱草，他的蓝雪花，真是养得极好。

末了，他告诉我，这蓝雪花一年四季都开花，花期极长，我说蓝星花也是，我在一边找图给他看我拍的蓝星花，他告诉我蓝雪花边落边开。

我公公每次买家电都是从他这里，因为熟悉，而且还包送到县城。上次空调出了点问题，他很快就来帮我们修，言语间如蓝雪花般洒脱。

孩子买了包子和烧饼，很开心，我心里也装着那盛开了一地的似雪一样的蓝雪花，婆婆也欢喜地随着，一起开心地往小叔家里去。

饭后，我在店门口的街道上漫步，发现空气极为新鲜，秋高气爽。乡下的车也少，空旷的街道加上两边的绿色树木，看上去心旷神怡。

吹着深秋的风，感觉极好。阵阵香味被吹来，原来是一棵小小的桂花树立在花坛上，虽然小，看起来弱不禁风，但是它的上方布满了金色的花瓣。这棵桂花树只有九个枝头，除了最下边的两个，其余枝头上都开满了花。

一阵风吹来，别的桂花树都是上面的枝叶在摇晃，这棵小桂花树，树干跟着枝头、叶子、花儿一起摇晃，让人感觉它整个身子都在摇晃。秋天的风吹过来，它散发出阵阵香味，我摘了一朵，发现它的芳香特别迷人。

没有风来时，桂花静止不动，连同那金黄，也在那里安静不动。但那金黄却久久地停留在我的脑海。摇晃的时候，桂花不会落，所以它的香味长久地停留在了空中。

和旁边的那棵庞大绿树相比，它显得多么娇小，多么不起眼，我站在边上却闻到了它散发出来的阵阵清香。

小叔一直住在乡下，做铝合金的门窗生意，吃尽了生活的苦。他虽然瘦，一点儿也不起眼，但他很卖力气地劳动。我听婆婆说，他也是一个很节俭的人。小叔在镇上买了一套房，在县城也买了一套房。他通过勤劳的双手，每年都有比较可观的收入。

我认为，虽然我们渺小，但一样可以像这娇小的桂花树一样散发着芬芳。这桂花树就像一个长得柔弱的女子，但是却有着巾帼不让须眉的奋斗的勇气，抑或像是一个男子，坚强地为生活而努力，让全家人过上更美好的生活。

小镇的花，极美。有芬芳的花，也能让你感受到那些实实在在的美。正如那里的人一样，充满人情味，充满平凡日子里的深情感动，让我为之动容，让我坚信，人间美好的事物永远存在。

婆婆老了

　　婆婆老了，我才开始心疼她。

　　我极少在文字里说起我的婆婆。但她对我，真是好。

　　回老家过中元节，我见婆婆踌躇着，她站在院子里，仿佛发了一会儿呆，一碗饭在手中停留许久。我突然觉得，婆婆老了。

　　婆婆做好晚饭后，她说不饿，先去洗澡。待我们吃完，准备回城时，她刚洗完澡，换了一身衣服。

　　一件宽松的半旧粉红色衣服仿佛挂在她的身上，半蓬松的头发，水滴在胸前，形成一片如汗液样的小湿地。

　　几日不见，之前觉得婆婆壮壮的模样，突然觉得她瘦了。

　　望见那一块小湿地，我想，她近日在老家，定是忙碌着土里的活儿，或者忙前忙后清洗老家的物什吧。

　　从客厅来到院子，前边的菜园正茂盛，青色的茄子个个绿得鲜嫩，我和婆婆说，摘点茄子，我们带回城去吧。

　　站在一旁的婆婆连连说好，她赶紧打开菜园的小栅栏，在园子里利索地帮我摘了几个。

　　"我一人在老家也吃不完，带些回去，也省得老了。"婆婆说，"不吃也会老去，这自家种的青茄子，真是好吃！"

　　到底这么多年，我不跟她客气。不似夏日的辣椒，秋日的辣椒个个娇小，婆婆见我摘那些小的，说那些个儿太小了，连忙走过一丛，摘了些大的放入我手中的袋子。她在左边摘，我在右边摘，秋风吹过，两人一起忙着丰收，充满喜悦。

看着园中快要老了的韭菜，我就想着，婆婆这些天也吃不了这么多，也带些去城里吧。

婆婆割了一些韭菜，我和她在门口院子的空地上清理干净夹杂在韭菜里头的碎叶片和其他杂质。

在我们都蹲下来择菜的瞬间，我觉得婆婆真像自己的母亲。小时候，我就常和母亲一起蹲在地上做家务。我询问婆婆近日头疼的原因，嘱咐她不要吃那些高脂肪的东西，少吃肉类。

"医生怎么说？"我问。

"医生说人老了，自然就如此了，不是这个病痛，就是那个病痛，正常不过。不必太担心，吃了药，就好些了。"

我的心咯噔了一下。婆婆老了，她这些年一直待我不错。只是她老了，无力再帮助我看护孩子；她老了，无力管理我们年轻人的事务；她老了，甚至关于她儿子，她也不再多说什么了。

我原来埋怨过她，仿佛也曾郑重地说过她，不应该如何，要怎么做才是对孩子真正的爱，等等。

在那么一瞬，看见她迟暮的样子，看见她蹒跚的脚步，我想起她曾说过，她是如何含辛茹苦地把三个孩子养大，我在心里莫名就伤感了。

婆婆也是母亲，随着岁月的流逝，她和我的母亲一样老了，我不禁难过起来。

婆婆老了，终有一天，那些她洗衣做饭的日子，都将化作永恒的回忆。

只是，婆婆老了，我才开始心疼她。

我的母亲

仿佛母亲，永远有源源不断的爱供我们吮吸。

早上，我们刚到家门口，她就在灶头忙活。厨房旁边的空地上整齐地摆放着一些大白菜，用一块布遮住，让菜保持新鲜。桶里装着密密麻麻的老虎豆，这是母亲准备要挑到街上去卖的菜。

秋老虎的天气还非常炎热。早上九点多，母亲以为我假期不急着早起，做好了早点等着我们，早餐有一大碗丰盛的鸭汤。

见我们起来了，母亲忙停下手中的活儿，迅速地把饭菜从厨房端到桌上，说："饿了吧，快吃，我们刚吃完不久，放炉子里温着呢。鸭子很老，汤很鲜。多吃点，这么瘦。乖乖，多吃点啊。"

我儿子上前来，她抢着帮我儿子弄好饭菜，直到我说："妈，他都这么大了，让他自己来。"她便没说什么，回厨房去忙活了。

母亲在我们面前从不掩饰她的感受。她一边在厨房忙活，一边说着今天的天气热得不像话。

我笑着和母亲说："厨房也放个小风扇吧，这样凉快些。"不说不要紧，仿佛打开了她的话匣子，开始诉说父亲的节省和抠门，最后带着委屈的声音说："怕你父亲责怪我啊。"

她说话的表情，让我觉得甚是可爱，母亲和父亲老了，他们两人的对话却跟孩子似的。母亲说她习惯了忍耐父亲。我从厨房回到客厅。我知道，她要点嘴皮的瘾，跟我们唠叨一下，便好了，心情就会变得舒坦。这仿佛是我回家给母亲最大的安慰，她总要发泄一下。

我能理解父亲的节俭，也能体会母亲的不容易。他们能不离不弃吵着谁更有理，过完一生，也是爱情的一种。

　　母亲在旁拿了一把青菜，说做水拌菜很好吃，问我要不要带回一捆去。我自然同意，这都是母亲对我的爱啊，怎能不接受？不一会儿，母亲就弄好了，说剩下的要在明天一早去卖之前弄好，这样才不会变黄。

　　我看见母亲背上沁满汗水，她一边擦汗一边在灶头放柴生火，麻利的动作可爱得像个孩子。她和我说："早上没这么热，晚点更热了，早点烧水把那老虎豆煮了。"

　　泡在桶里的老虎豆似睡在水里，看着可爱。我用手动了下，母亲看见了说："这老虎豆很黑，等下弄脏了你的衣服，让我来。"我看了一下自己，白色的衣服，银色的裙子，确实不禁脏。

　　她把所有老虎豆放入烧开水的锅里，我看着那冒泡的老虎豆，觉得它们生机勃勃，有阵阵烟火气，它们是平凡的，也是伟大的。

　　母亲说："你看，那水全是黑色的。"她又提醒我，让我离灶头远一点，水溅在身上不容易洗干净。

　　我只好去客厅坐了。过了一会儿，母亲便把那些煮好的老虎豆全部装进了一个大盆子里。她用力地打上井水，洗到豆子凉了为止。

　　老虎豆在冰凉的井水中浸泡着，树上的光影投到水中，闪闪发光。

　　母亲说她累了，要去休息一下。留下那一棵李子树静静地望着老虎豆沉浸在水的怀抱里。

　　我感觉自己就像那老虎豆，经过母亲的层层工序，把我身上的"毒素"排除，成了一个光鲜的、有质感的人。

　　每次去看望母亲，了解母亲的状况，听听她的唠叨，便觉安稳而自在。

　　母亲吃过午饭后，便去休息了。她说，眯一会儿就好。

　　大概半个小时后，她醒了。我和她一起把老虎豆剥开，个个金黄带白。母亲细致地照顾着这些庄稼地里的食物，跟小时候照顾我们一样。

过了中元节，又去看望母亲。母亲一如既往在家忙活，趁早上凉快，做好了一桌饭菜，她总是这么勤快。

母亲的爱总是源源不断，总有无穷无尽的爱给我们吮吸。

每次回城，母亲都要给我带回一些吃的，新鲜的蔬菜，自己做的糕点，还有自家母鸡生的鸡蛋……

我的母亲，似乎永远不会累，永远这么伟大。看见她，我就有无尽的希望和力量。

不幸与幸运

生活中，我们总以为别人成功很容易，其实成功是经过很长一段时间的努力和探索才得来的。每一次成功的背后都有不懈的坚持。这样的坚持，对每一个人来说，是重要的。

高中成绩不错的我，在高考后没能填报好志愿，结果，失去了一些好的机会。

那时，我父母没能给我太多的建议。性格内向的我，也没去征求老师或其他人的意见。填报志愿前，估分也不能估得很准确。

后来，我选择去省内最好的大学学习。我没在师范类学校读书，大学期间却把教师资格证考了。在大学里，英语四级合格，便可以顺利毕业。我考过了英语六级，只因当时热爱。

我参加过大学学生会的选拔，没选上。但那第一次上台的紧张感受，却给我以后的生活提供了许多帮助。带有特色的英语书写曾得到过大学老师的表扬，由此我担任了英语课代表。大学期间，每一年我都拿到了国家助学金，这给了我很大的学习动力。

上大学时，我特别喜欢独自窝在一个地方静静地思考。图书馆里一待一整天，现在再也不会有那样纯净的时光。厚厚日记本里记载的青春记忆，让我在黑夜里看到了光明。

那时我每天早晚跑步、练习瑜伽、跳健美操，养成了我自律的特性。一定是知晓自己曾有过的失误，所以在大学才那样发奋努力。

承认自己当初的不勇敢，才能坚定地往前走；承认自己翻山越岭，有时也会一无所获，便会更加珍惜当下的美好时光；承认青春里的不幸运，才能在今后的脚步中，为幸运更努力地争取和付出。

朦胧的回忆

在迷糊的梦中
可还记得原来的路
上西村
下西村
有一脚没一脚地往前走

越过单车的后轮
发现那张稚气的脸
不敢轻易说再见
只为故事能再现

也许是那一年的勇气
给了我爱下去的希望
也许是那一年的勇气
给予我重生的勇敢

再见啊
青春
再见啊
那些逝去的朋友

如那霓虹灯闪烁

永远留在我心底

　　记忆如一张岁月的网，网住了过去与现在，也网住了曾经与未来。曾以为岁月很长，如今只剩匆匆作别。曾以为时光是一条很浅的河，我们慢慢游走；如今只剩下些许回忆，如河里珍贵的小鱼，越来越少。

　　那年那月，青春年少，迷茫而美好。有时舍去的东西，回过头来，总觉万般美妙；留在青春里的记忆，终究躲不过时间，慢慢流逝了。

　　有些人，总适合在心里珍藏；有些故事，彼此明白即好。

　　只是有的人，他永远不知道，她返程时坐错了公交车，又原路返回。旅程漫漫，她只是为了证明自己内心的感受。

　　于是，终于在实践中懂得，什么才是自己真正想要的。

　　曾经，我们在青春里探寻：什么是真正的爱。

　　也许，青春的记忆里，你该有个我吧，不然何以至此，见到我，你会如此兴奋地呼唤我的名字？也许，我的青春记忆中也该有个你吧？不然，我为何不敢让你认出我来？

　　只是，多少会有一些曾经的感动，可惜，是一种类似叹息的期许吧。

　　我没有那么特别，只是偶然的遇见；我其实没那么沉默，也曾笑意盈盈。

　　岁月从不败美人，江山代有人才出。逝去的一切，只愿最美的，哪怕是无言的沉默，感动仍留在彼此心间。

地瓜的味道

母亲送来一包粗粮，我们这边都叫它"番薯"。

吃早点的时候，蒸了番薯。红色的皮、黄澄澄的肉，在这秋冬的早晨吃上几个，身子便觉得暖和，人也精神了很多。

对于地瓜，似乎有一种说不出来的情感。

忆起来，小时候喜欢吃地瓜的我，是个梳着两根麻花辫的嘴馋的小姑娘。

每到地瓜成熟的时节，母亲总是要在地里忙活，我也屁颠屁颠地跟了去。在那黑色的土地上，母亲用锄头挖出来的地瓜，有的红色的皮，黄色的瓤；有的红色的皮，白色的瓤；当然，也有黄色的皮，黄色的瓤的。我就在旁边看母亲挖出来的地瓜，一般都是一串，有三五个，从根部把它们一个个摘下来，轻轻放进篓子里，生怕把它们的皮弄伤，因为母亲说："地瓜虽小，但是皮肉都能吃，地瓜可以生吃，可以蒸着吃，也可以烤着吃；可以晒成番薯干，也可以切片炸着吃。"

那时候觉得地瓜真好，一个一个的，非常可爱。地瓜的粗藤上还长着嫩绿的叶子和更浅一点颜色的细藤，叶子和细藤都可以当蔬菜炒着吃，那也是我们全家人的最爱。还有晒成的番薯干，常记得父亲是特别爱吃母亲做的番薯干的，当然我们也爱吃。母亲每年都要炸上一次番薯片，一般是在过年的时候炸好，然后装盘，等客人来的时候，可以和别的食物放在一起给客人享用。我一直觉得炸的番薯片有些硬度，不过母亲说，一般黄皮黄心的番薯炸成片最好。

我最喜欢生吃红皮白心的地瓜，所以母亲挖地瓜的时候，我都是盼着的。我会在旁边用双手把地瓜上粘的泥土抹掉，这时候就能透过根部看清楚地瓜里面的颜色，如果遇到里边是白色果肉的，那么地瓜全部挖完之后，我就可以吃着解馋了；要是遇着黄心的果肉，那当天晚上或者第二天一大早，母亲就会蒸几个等我们下午放学回来当小点心。

　　我和母亲一起在土地里，母亲弯着腰，挖着土里的地瓜，时不时把地瓜上的泥土在锄头的底部抖上一抖，放在离我很近的地方。我摘干净地瓜上剩余的根茎，把地瓜捡进篓子。这大概是我童年时光中最美好的一段，内心总是充满喜悦。

　　母亲洗地瓜的速度很快，小时候觉得母亲做任何事情都很麻利。看着母亲在水井边，打上干净、清澈、凉丝丝的井水，倒在一个大水盆里，篓子里的地瓜，顺着母亲倒入的方向，一个个咕噜咕噜地下水去，似一个个欲往河里洗澡的娃娃。母亲用她的两个大巴掌，在水盆里用力地搅几次，"娃娃"便露出了它们本来的面貌：穿着鲜红或者土黄的衣服，样子更加光鲜，更加活泼可爱。母亲一般要反复洗三次。趁着这井水最冰凉的时刻洗好地瓜，我在里头择一个红皮白心的，除了尖头儿的两端不吃，其余的都能被我生吃。那带着冰凉的淡淡的甜味，可以在嘴里持续很久……

　　这么多年过去了，童年时光的地瓜地犹在眼前。大概是因为有母亲，有那些活泼可亲的地瓜。

　　有一次，我们姊妹想吃烤地瓜，可是没有烤的地方，怎么办呢？就在母亲做饭的时候，我们放灶里头烤，放几块木头进去。母亲烧饭，我们弄了三个，一人一个，烤得那地瓜黑不溜秋的，跟先前的模样大相径庭，我们都感觉很惊讶。不过，我们还是惊喜地想看看烤了的地瓜里头的样子，于是激动地用筷子把地瓜夹到地上，掰开来，再用勺子挖里面的黄色果肉品尝。大家一致觉得味道鲜美，有烤的香味，比蒸的地瓜口感更好。唯一的缺点就是，地瓜全身都黑，把我们的手弄得也非常黑了。

这是我童年中一次非常刺激的体验。母亲不管我们，尽管给我们去玩，因为家里的地瓜每年都特别多。

后来吃烤地瓜，便是在上大学的城市了。大城市里也有卖烤地瓜的，有似曾相识的感觉。

城市的街道上，商业街，甚至火车站，都能看见卖地瓜的老爷爷老奶奶。我常常在秋冬季节里，看见情侣们在大街上一起买地瓜，他们边走边吃。也看见过年轻的上班族，匆忙地买个地瓜，然后挤上公交车。我料想着，这里的地瓜是否不同。有一次，我上前询问一位老太太，看地瓜的样子，的确比我童年时候吃的大很多，不过，烤出来的地瓜不会黑得脏手，用精美的包装袋装着。

那时候的我，买了一个这样的地瓜，在街道上漫步着，我把袋子里装着的地瓜拿在手里，热乎乎的，吃上几口，发觉嘴里溢满童年纯真的味道！

而今，吃着母亲送来的红皮黄心地瓜，我一样着迷于它纯天然的味道。这地瓜的滋味，大概会一直伴随我左右吧。

秋天的回忆

　　每一个季节都有故事，像树枝一样生长发芽。而那年的秋天，更像一坛尘封的老酒，存留着我难以忘却的香甜回忆。

　　秋天的落叶飘洒一地，似一片金色的海洋，秋天的记忆，一幕幕滑进我的心坎。

　　记得那年，我们初识在一个凉爽的秋日午后，随风飘扬的裙摆飘进了你的心房。

　　记得那年，在一个日落的黄昏，我轻轻地靠向你的肩膀，一起看暮色四合，一起看远山如璎珞丝带般的紫岚。

　　后来，我们成为恋人，每天形影不离，如胶似漆。每个周末，我都会去你的公寓里，为你做饭。

　　那天，我们第一次一起看电影，电影的名字我已经忘记。只记得从电影院出来的时候，下起了蒙蒙细雨，穿着裙子的我感觉冷极了，这时你脱下自己的外套，递给我，并将我送到公交车站。

　　那天，你早早起来，只为送我礼物。秋日里的清早，你不顾早上寒冷，连夜想着给我一个惊喜，我自己都没有察觉到那天竟然是我的生日。

　　当我睡眼蒙眬见你出现在我的视野，你轻轻地问候我一声，告诉我你刚才就在我的附近等候。深秋的寒意袭来，只觉两人的拥抱变为永远的温暖。

　　秋日的榕树下，两排浓浓的绿荫间洒满了阳光。路旁的花儿和树林都羡慕地望着我们形影相随的背影。

你开心地拿来一部相机，细心地给我拍照，还请路人为我们俩合影，细心的你后来竟还把相片洗出来，将我们那灿烂无瑕的笑容刻为了永远。

阵阵秋风吹来，你自觉地弯腰帮我把鞋带系起来，背起我往前走。

那时，只觉你背着我走的地方，美好便在那处，不在别处。别处有再好看的风景，都不如你在我的眼里闪耀。

你带我回你的家乡，那些小砖房，还有远处的棉花地，都从未在我的记忆中抹去。

萧瑟的秋风中田野白茫茫一片。那么多的小山丘，棉花落进田沟里，一大片一大片的雪白。第一次见那么多的棉花，白雪似的，迎着秋日的风飞扬。

而今，秋日的记忆消失在一片凉风习习的原野中。

谁承想，我们各有各的天涯；谁承想，越爱越执意任性；谁曾想，一不小心，我们的误会越来越多，生气越来越频繁。

你问我，为什么我要和你分离；你问我，为什么我们不能一直走下去。

我说我不需要什么，只要能娶我，就可以。

你说，你是个男人，必须先考虑能不能给你带来幸福。

我不明白，我固执己见。

于是，离别的秋天成了永恒定格的画面。

不成熟的年纪，不成熟的我，一切美好像一片片金黄的落叶，纷飞飘落，像无数只蝴蝶，告诉我那些秋天已经离我而去。只是我，永远也不会忘记那些美好的记忆。

每个人的一生都有一个最美好的季节，这个季节的到来，让我知道了什么是幸福和温暖。对我来说，无论时光怎么变迁，我都不会忘记那个霜叶飘落的秋天。

我会带着那些美好的记忆，过一个又一个让我安然的秋天。我把记忆珍藏，只因秋天有你的记忆。

天空和母亲

某个夏日晚上七点钟，从乡野出发。走过三分之二路程时，我望见飞机划过天空的痕迹，心里有首歌一闪而过，那是蒋敦豪唱的《天空之城》。多美的画面，有唯美的忧伤，有永恒的快乐。

飞机经过的天空，大笔的白色划过蓝得透亮的底色。边开车，边欣赏这美丽的天空，感触那凉爽的风，层层叠叠的绿裹挟着我，还有和谐而又美好的旋律萦上心头。

没过多久，便到了县城。电台上的新闻，已不入我耳。一道又一道妙曼的晚霞映入眼帘，如一条一条的红色丝带飘荡在无边天际。

此时，天空有些黑暗，小城所有事物都已经被笼罩在了天空之下。除了脚下的路，我的眼里只有旖旎无比的天空。

暮色四合，天空中略显规则的晚霞，如一位出手不凡的画家在空中涂抹了几抹飘逸，背景是清澈的淡蓝色。

驱车在这似夜非夜的傍晚，我似乎在宇宙中游玩，一个梦幻般的世界呈现在我面前。

整个天空仿佛都只属于我，彩色的天空之下，建筑群似乎涂抹了一层淡淡的金黄色。

小城，一个新的模样，仿佛自己在一个新的地方体味到这天空的魅力，跟往日不同。

望着这绚烂的天空，坐在SUV上的我，感觉是幸福的。或许在路上散步，看不见如此美丽的景象。高远的天空，似个柔情的母亲，让我觉得它实在是伟大。

天空之下的我，还有那些建筑物，如此渺小。顿时，所有不快都被驱散出去，来自天空无穷无尽的画卷，让我思索和幻想。

我突然想起了我的母亲——一个普通的农妇。

母亲种了一小亩荷塘，荷塘里的荷花全开了。那圣洁无比的白色莲花，是母亲为了让荷叶浓密而选择的独特品种。

那天下午，闲来无事，想去摘莲子，母亲说她帮我去采摘些来品尝，顺便带些回城。我说："不必了，妈。那荷塘里面不是说有刺，就不去了吧。"

母亲则不以不然，她兴致勃勃地走了几步远，头也不回地说："我去看看，定是好采摘的，我这就去采摘些来。"我惭愧地说："不用。"母亲却一直坚持着。

我跟着母亲一起去，像小时候一样，快步地随母亲的脚步跑去。走到荷塘边，母亲麻利地把两只拖鞋脱了，直接下到荷塘里。不一会儿，她手里拿着好多莲蓬。

我跟母亲说："这莲子好呢，吃了清火，你们吃不吃？"母亲说："我和你爸都不爱吃，这莲子瓣起来挺烦的，哪有这工夫哩！"我小声唤着母亲少摘点，留着他们自己吃。母亲却说："反正莲子在荷塘留着也会老去，不如给你多摘些回去。"

看来莲子，真是母亲留着让我们来采摘的。孩子见着莲子，很是喜欢，他看见外婆在那荷塘的淤泥里，直说："外婆好厉害，外婆好厉害！"

我在心里感叹，母亲永远是母亲，为了孩子，从来不吝啬付出。

我的母亲，不就像那暮色的天空？她是那么宽广，给我留下无尽的温暖。

她老了也无妨，她总是会让我感动地掉下泪来！

森林小火车

近几年，大多时候，即使放假了，我还是宁愿待在这座江南的小城里。

江南的绿色，带着特有的情调，带着特有的韵味。上班忙忙碌碌，在家教导孩子，仿佛来不及欣赏身边的风景。

所以，一两天、三四天的假期，根本就不想出远门。

和疫情抗争的日子，我渐渐懂得，要知足常乐，要多陪伴家人。我在空闲时，没有很多奢求，身边的点滴幸福便让我心安。

记得我家小人儿两三岁时，来过梅水，那时的马鞭花还没现在这么高，样子也没现在好看。

我们总是忽略身边的美好，幸好这些年，我把单调的日子过出了些许诗意。轻松的日子，眼睛所见之处，脚步触及之地，都有一种超脱的美。

坐上森林小火车，想起儿时经过的铁轨。年后，我们姊妹走路去看望外公、舅舅，那时走两个小时铁路，我们都很开心。

上大学时，坐火车从来不提前买票，站几个小时往返。从来不用刻意安排，有幸能坐上一会儿就坐，不能坐，站着到达目的地也很高兴。

有一次，在火车上没穿合适的衣服，晚上冷得我直打哆嗦。可是只需知道，一定能到达目的地，就足够。这就是年轻，不去担心太多，冷便冷了，凉便凉了，不会影响我们追逐的脚步。

森林小火车在走着，平稳中不时会有一声警醒的鸣叫，这声音让我平静。小时候走铁轨可不一样，最害怕的就是听到火车的鸣叫，我们姊妹老远便会找到位置，站立在路边，生怕火车会撞到自己。

去外公家，三个小时的路程。走公路，走铁轨，走山路，这样走着去，很是刺激，仿佛探险一般。

那时，父母从不用担心我们，我们也长大了、独立了。怀念过去的日子，怀念那童真的我们。

上学半小时路程，放学后玩溪水，上学没带水，我们就喝山泉水，然后各自回家；我的语文老师，一瘦瘦的男子，平易近人，会帮我们在本子上写好名字；以前带饭去学校吃，还没到中午吃饭时间，就被我们吃完了……这些快乐的时光，真是一去不复返了……

养育孩子，常常让我想起自己是孩子的时候。那时的我很乖巧，在母亲的爱护下长大。于是，每次我看见孩子闷闷不乐时，都会关切地询问他。他喜欢跳跃，在保证安全的前提下我不会阻拦。这才是小朋友该有的样子啊。

四月已过，依然还会有人间四月天的时候。五月已来，都是我爱的绿色，是春天该有的样子！

小城的森林小火车，承载着我满满的思绪，让我热爱，让我着迷。

母校印记

去我高中的母校走走，心里堆积着很多回忆，像这夏夜微微渗出的汗珠，有些咸涩，有些微凉。

曾步行过的街道已经改建，城外更是成了另外一道风景。那曾被我的白布鞋踩过的上西村、下西村的路，似乎早已没了我的痕迹。

曾经的老街、县图书馆被围墙围着，我没能进去再看一眼它们古朴的模样。

住在城南的我，忘了有多久没再经过那条街道。路边的电话亭不知所终，陌生而熟悉的感觉从心头涌来。朦胧的记忆，有青春的淡雅气息，有曾奋斗过的美妙回忆。

沉默的高中时代，我似一颗小小的石子，被时光之河冲刷得不见踪影。从没有勇气，变成勇气可嘉，青春勾画了一笔圆满的结局，继续迈出追逐的脚步。

我挚爱的母校，挚爱的老师、同学们，我似曾挚爱的那个人，即使无言，总以回忆的形式闪现在我眼前。青春里曾唱过的那首最美的歌，将永远镌刻在我的心底。

苹果的香味

外公，您知道吗？您年轻时照过的那张瓷画像，我还记得。它就放在您床对面墙边的桌子上。您戴着眼镜，着一套中山装，一副庄重的模样，显然是一名文化学者的模样。

外公，每年春节时，我们一起吃茶，您都会再进房间，去给我们拿吃的。房间进门的右边是一个用油漆涂上了梅花图案的老式橱子，橱子的下方有两个小抽屉，那天，您从里头拿出来一两个我们从未见过的水果。

二十世纪八九十年代，我们家经济上不宽裕，几个孩子没有吃过像样的水果。我问您这是什么。您说："这是苹果，吃了身体会更健康呢。"

那时，我并不知道苹果是很贵的东西。回家以后告诉母亲，说外公给我们削苹果吃了，那味道真好。母亲逢圩的时候，便会买回来几个，是有点烂的苹果。因为一点没坏的苹果实在太贵了，家里买不起。

外公，您之前是一位人民教师，后来又当了校长，自然退休以后是有退休金的。不过，我亦知道那时候您的工资并不高，但为了贴补儿孙，您省吃俭用。

您那时候拿出来的苹果，着实诱人。我们都太馋了，以为苹果洗一洗便可以吃。我们在自己家便如此。只有您告诉我们，苹果的皮最好不要吃，用水果刀削皮更好，吃得更健康。

外公，您削苹果的模样还时常萦绕在我的脑海。您悠然地、慢慢地削，苹果在您的手中非常灵活似的，不过一会儿它的皮就变成了一条好看的彩带，彩带里边是黄色的，外边镶嵌着苹果色的粉红。生平第一次吃苹果，是在外公家。那苹果的甜味足足溢满了我的童年。

您把削好的苹果切开，递给我们吃。您人生的最后几年，拿东西的时候，手会有些颤抖，这让我至今无法忘怀。我们吃着苹果，您一边看着我们吃，一边询问我们的学业情况、家里父母的情况，并语重心长地鼓励我们。

外公，苹果的甜味不散，您永远活在我的心中。又到清明时节，我在人间念着您，祝您在天堂一切安好！

记忆深处的竹林

夜风徐徐，坐在客厅的沙发上听雨滴落的声音，伴着春寒料峭的风，迎着新鲜的空气，我想起了记忆中的那一片竹林。

老家屋后的竹林，是爷爷种下的。爷爷在世时，给我留下许多回忆。这片竹林是让我记忆最深刻的。因为它伴着我成长，给了我力量，也给过我很多温暖。

竹林长在半山腰的一个高低不平的空旷之地，下面有一条弯弯曲曲的小径。这条小径，可以延伸到山顶，也可以舒展到田地上边的小道上。只要从田坎上边的小路上经过，抬头仰望，这片竹林便是小时候的我眼中最美的风景。也是那个时候，经过了四季轮回，我才知道它们原来一直都绿着，绿得可爱，绿得茂盛，绿得高远。

老屋子离挑水的泉水井，有很长一段路。从厨房出发，走过屋后一条弯弯曲曲的小道，经过附近两三家亲戚的坪地，便转到了更窄小的山路附近，跨过一长条篱笆，便到了茂密竹林的阴凉处。

秋天的清晨，带着肩上还没有挑水的轻松之感走在竹林之下，听着阵阵秋风和竹叶在扭打，呼啦啦，让人有一种天然的豁然。那风声，是一种类似麦浪的声音，亲切而自然，给我力量，仿佛在叫我挑水要注意安全，井很深，一定慢慢来。

待我挑上半桶水，上了一个大坡路，回到竹林处，它们又似乎在向我喊着："加油！你很能干！小小年纪，便会挑水！"这时，我闻到了竹叶那美妙的香味，宛然也看见了水缸里的那一片亮光。

爷爷种下的竹林，一年比一年长得多、长得高。我时常见他悠闲地迈着蹒跚的步子去那片竹林，砍些竹子，或者挖些冬笋回家。待到春花烂漫时，他又会再去光顾那片竹林。生怕小孩子游玩时不小心践踏了那幼小的萌芽，好让长出来的竹笋一个个露出头来，快快长大。

　　我们小孩子时常在假日时到竹林里玩耍。我们玩捉迷藏，抓竹林里的野虫子进行喂养。偶尔也能听到蝉在竹林里鸣叫，麻雀时常跟我们一样在竹林里追逐着。

　　记得有一年夏天，一位照相师傅下乡来照相，他特意在竹林里给我照了一张。我挽着竹子，往下看，师傅在小路上拍下我稚嫩的脸庞。我的脚下穿着蓝色的凉鞋，身上穿着土黄的衣服，肤色是太阳晒过的天然黑。浑身上下像极了大地的颜色，亦有竹之清丽。

　　竹林里，有过我们童年的欢笑，有过爷爷的味道。那样茂盛的竹林，夏日里是最凉的去处，冬日里也是一抹亮眼的风景，终是令我无法忘怀。

　　只是那片竹林，现在似乎再没有人去游玩了，它们被遗忘在了那山的一角，也不见了爷爷的踪影。但是，不知为何，我回老家去偶然看到那片竹林，便觉童年的美好从未远离；爷爷，也一直留在我的心里。

家乡的野菜

　　3月的一个周末去南街市场买菜，看到有苦菜卖，我便想起了很多关于家乡野菜的事。

　　苦菜是家乡常食用的蔬菜。在我们家乡，它们常常生长在山地及荒野，其貌不扬，就像田间杂草一般，有时候也生长在农田。

　　每年春天，母亲都会带上我们姊妹几个，去采摘苦菜。我们带着剪刀，挎上竹篮，到田间、地头、路边、林里去搜寻，那时候觉得是一种非常有趣的游戏。

　　苦菜的全身油光发亮，有的直立生长，有的斜生。叶片像针的形状，叶子灰绿色，嫩得出奇，单纯看它的模样，根本不知道它的味道是苦涩的。

　　母亲做这道菜的时候，每次都会在清水里煮一下，然后捞起来，再炒一小会儿。或直接拌着酱油、辣椒等作料吃。我问母亲："为什么不像青菜那样炒？"母亲说："因为苦菜苦，用开水烫过便好吃很多。这苦菜的作用可大了，所以千万别觉得苦，它能清热解毒。"因为母亲特别爱吃，所以后来我们也尝试着吃。也因童年吃的苦菜每次都要自己去搜寻，自然觉得与别的菜不同。从此，我也爱上了苦菜。"吃苦菜好，"母亲常说，"吃得苦中苦，方为人上人嘛！"

　　我国民间食用苦菜已有多年的历史，而且苦菜还可以用来做草药，我更觉得这是一种不可多得的好菜。

　　我还专门查阅了有关医学资料，得知苦菜的药用价值很大，除了清热解毒，还有祛瘀止痛等作用。

现在生活条件好了，苦菜也不只是春天才有，但我还是很怀念童年摘苦菜、吃苦菜的日子，怀念那些关于苦菜的点滴故事，所以，我在菜市场多买了一些苦菜，准备好好地享受这舌尖上的美味。

家乡的苦菜，不仅是我舌尖上的美味，它还伴着我成长，闻着它那淡淡的清香，我似乎明白了生活的真谛。

旗袍，让你绽放更美的自己

或许每一个女子都有旗袍情结，向往的，正在经历的，或化为回忆的。你是不是也和我这般，想象过自己穿上旗袍的样子？

你一定记得，有一段时间非常流行旗袍吧？大街小巷，有各色旗袍供你选择。你的朋友一定会说："走，一起去挑一件旗袍吧？"

于是总免不了去试穿一番，选择一身合适的旗袍穿在身上，照镜子会看到自己穿其他衣服体现不出的古典美感。看着镜子中的自己，你会觉得，自己正在拥抱自己，多了一分韵味，多了一分对生活的渴望与热爱，似乎也更加热爱自己！

旗袍就是对你有这种不可言说的魅惑，它种植在每个女性的心中。于是，你乐意买一件回去。

你会选择一个合适的场合穿上。能穿旗袍的场合自然是非常盛大的场合，也是特别需要注意细节的场合。穿上旗袍的你，声音似乎也变得更加细小和温和了。我们不能随意坐，不能有大幅度的动作，穿着它，我们就要始终端庄，注意自己的姿态。

如果你的身材不适合穿旗袍，我想你一定会下定决心，去锻炼，控制饮食，让自己的身材更适合穿旗袍。在锻炼的过程中，我们的身体更健康了，我们穿旗袍的姿态也更优雅了。

记忆中，穿旗袍的女子天生有一抹古典韵味，再添几分或浓或淡的人间烟火。在紫丁香花开的季节，撑一把油纸伞，走在悠长的小巷，纤纤细步，美得不可方物。

现实中，穿旗袍的你会有一种从未有的决心，于婀娜体态间萌生一种减肥的冲动，于万千风情中感受到减肥的战果。旗袍，"奇袍"也。

你看，穿上旗袍的你，会感到旗袍似乎也在提醒我们做一个温柔、安静、节制的女子呢！

"锦衣旗袍诗，曼玉花样时。"

穿旗袍的女人，永远不会过时。一袭旗袍下是细细密密的心事，是层层叠叠的故事，足以让你心底漾起波澜。比如，陆小曼、张爱玲……满腹柔情与才情的女子，优雅端庄的丽影，让人仰视，想要靠近。她们嫣然一笑，遥远的旧上海风情便随之荡漾开来。这些女子这般美好，即使是隔着悠悠岁月，也丝毫没有厌倦之感。

旗袍，中国和世界华人女性的传统服装，虽然其定义和产生的时间至今还存有诸多争议，但它仍然是中国悠久的服饰文化中最绚烂的形式之一。

喜欢书卷的女子，大部分喜欢旗袍，如林徽因，经常穿着旗袍爬上建筑，写作的时候自然也是穿着旗袍的；张爱玲非常喜欢在文字中写旗袍，她自己也是旗袍的热爱者；阮玲玉自然是以旗袍出名的女子！

旗袍，能让女人拥有窈窕之美。旗袍是经典，是女性心中最美的时尚。旗袍，似陈酒般令人回味，似经久不衰的芳香弥漫人间！

原来，不是你喜欢旗袍，而是旗袍能锁住你的心，能让你由内而外绽放更美的自己！

神秘的"追求者"

　　我和丈夫经过七年努力，才步入婚姻的殿堂，都说"自己努力争取得到的才是最好的"，所以，我万分珍惜和他之间的缘分。

　　多年来，我常常舍弃和闺蜜出去聚会、和同事应酬的机会，一心扑在家庭上。然而，近年来，别人的丈夫都是朝九晚五，自己的爱人却一年有三百六十天夜晚都在加班。于是，我越来越感觉到婚内生活的孤单和寂寞。

　　我是个不服输的女子，自然，为了婚姻，我必须来一次"无间道"了。

　　于是，最近家里隔三岔五总是有快递小哥送来娇艳欲滴的鲜花。当丈夫夜半三更回来时，必定要穿过一片飘香的"鲜花林"。

　　一开始，丈夫并没有注意到鲜花。后来他才发现，家里不仅多了鲜花，连挂在橱柜衣钩里的我衣服的颜色也更艳亮了。更让他感觉有些奇怪的是，最近我还收到了很多写着深情祝福语而不留姓名的节日礼物。

　　以前，丈夫回来晚了，我都会为他准备一碗热粥，或者醒酒茶，让劳累一天的他放松放松；在我感觉孤单以后，丈夫半夜回来，只会看到一张我写的纸条："方便面在锅里。"城市的夜晚灯光闪烁，坐在窗明几净的咖啡馆里的我，似乎能真切地感受到他掀开锅盖，里头只有一个生鸡蛋，一包没有拆封的方便面的滑稽镜头。

　　古人说欲擒故纵，还真有效果。短短两个月，我不再打电话问他是否回家吃饭，也不再帮他整理第二天早上要穿的衣服，只是让神秘的追求者继续送礼物，时不时还去咖啡馆喝杯咖啡消遣消遣。

　　丈夫开始发生了一些微妙的变化，试图询问我最近是不是有了追求者。我则答非所问，不愿意多做解释。只对他说，最近生活很充实，也很快乐。

　　丈夫发现情况不对劲，开始探查事情的真相，最后不得不将大部分的应酬推掉。

　　那天，我正准备收拾完房间，如同往常一样出去躲在咖啡馆，丈夫却忽然打开门回来了。我甚是惊讶，这才六点，怎么就回来了？

　　老公说："以后我都不加班了，我跟单位领导说了，加班和应酬的工作安排给年轻人，我这样的老同志，身体也吃不消，以后重点还是应该在家庭。"

　　我一听这句话，感觉到我的"追求者"起作用了。虽然心中窃喜自己成功了一半，但嘴上还是说："哎呀，没关系的，我支持你工作，男人就应该以事业为重。"

　　老公换了鞋子，进了厨房，一边挽起袖子，一边说："什么事业为重，我怕再这样忙碌下去，我老婆就要跟别人跑了……"

　　听到老公这么说，我的心里真是乐开了花，暗暗感谢那位神秘的"追求者"。

　　其实，为了引起丈夫更多的关注和关心，我近期特地在鲜花店给自己定制了鲜花，还在琳琅满目的淘宝店购买了各种喜欢的小礼物。

　　就这样，那个神秘的"追求者"，最后在我和丈夫的生活中自动消失了，取而代之的是逢年过节老公用心准备的礼物，二人每天悠闲的散步时光，以及那点滴而温馨的陪伴。

旅程的相伴

　　人生犹如一列火车，有人上车，有人下车，但不一定是同时。有的旅程，有人陪伴；有的旅程，注定独自一人经历。人生犹如一列火车，我们可以选择在无聊中度过，也可选择认真欣赏沿途的风景。

　　每一个人应该都有过坐车的经历。很多人喜欢坐在车上的感觉，因为我们不用去思索以前，也不用去担心未来，只要静静地欣赏外面一丛接着一丛的景色。

　　我也喜欢坐车的感觉，不同的是，我会回想到以前，也会偶尔规划不久的将来。相同的是，我们都在享受旅程带给我们的一切，美丽的景色，静心的思索和对未来遥远的追求，或倾心专注于当下。

　　我喜欢坐在车上，目的地模糊或清晰都无妨，不用自己开车最佳。时间最好是晚上，车子隐没在黑色的深夜里，有种让人陶醉的感觉。

　　好多年前的夏天，去厦门旅行。回来时，天色已晚，黑夜包裹着我们，无边的安全感蔓延到身上，像海环绕着波涛，像寒冷黑夜里裹着厚厚的棉被。那样的舒适与安全，是白天不能够给予的。顾城说，黑夜给了我黑色的眼睛，我却用它来寻找光明。黑色到了浓重时，便是光明吧。很多人在白天会晕车，夜晚来临，却能安然睡着，是不是也有这方面原因？

　　在旅行中保持好心情是很重要的。好的心情，包括对旅行的期待，自我的期待和他人的期待。孩子一般比大人对事物更有探索欲，因为他们总是充满想象，他们比我们更能够体会到愉快。绝大多数大人和孩子不同。他们可能注重世俗的东西，在旅行中更容易觉得了然无味。

两年前，我身旁的那个小朋友上火车是奔着去的，他像一个小皮球，蹦蹦跳跳地上了火车。他兴奋的心情溢于言表。就在那时，有乘客下车，我听见一位穿着白色小背心、身材凹凸有致的女人自言自语地说了句："八十元，坐得特无聊。"

听了她说的话，我那时想：要是丈夫和我一起两个人坐这样的慢速小火车，也许我们也会觉得很无聊吧。然而，因为孩子，我们的思绪开豁起来，带着孩子般的兴奋和开心，完成了这样的一次旅程。在慢悠悠的森林小火车上，我跟那个孩子讲我小时候走铁路的故事，他听得津津有味。是啊，懂得孩子的欢心，也会让大人开心起来的。

一年前，我带儿子去看电影——《村路弯弯》。作为家长，我自然要求孩子全程看电影不能发出太大声响，最好静静地欣赏。我也不例外，不过我确实需要忍着不看手机，就如孩子忍着不说话一样。儿子看到中途，不高兴了，说："妈妈，你看很多人其实都在看手机，根本没有看电影。"

儿子说这话时，我心里明白。不过，我解释说："也许他们都很忙，就像我平时工作，真的有很多事情呢！这样的电影他们应该看多了，明白讲什么。我们看得不多，就好好地看完电影吧。不管别人，好吗？"

他当然是不情愿地安静看完了整部电影，我也全程没有看手机。试想，当时如果孩子不在我身边，我是不是也会像其他人一样，不时看手机呢？现在想来，这确实会是一个很大的疑问。

后来，电影散席了，儿子叫了声"老师好"，正惊讶，忽听得旁边一位女子说："我们这些没有带孩子来看电影的，感觉真是一种折磨呢。"她用自嘲的语气笑着说，我却能感受到她心情的不快。

人生的旅程漫漫，旅行和看电影，或许都算，还有生命中遇到的其他一些事。有的旅程，会让我们成为更好的人；而有些陪同，或许只是无聊的路过罢了。

如此说来，陪孩子一起成长的旅程，就有了一种别样的兴致，也会收获不一样的惊喜，这确实让人充满力量。这种力量能让人变得更自律，更能体会到生活的美好吧！

童年里的梧桐树

夜里，读李清照的词"梧桐落，又还秋色，又还寂寞"，让我想起童年记忆中的梧桐树。

小时在乡野里长大，和植物接触较多，最喜欢的要数梧桐树。

老家的屋后有一棵特别高大的梧桐树，那是爷爷许久以前种下的。梧桐树长在一条小路的下边，每当我们从小路上坡的时候，准能看见整棵梧桐树上面的每一片叶子，伸手便能够着。

梧桐树的叶子很大，在这座小城，除了棕树和芭蕉的叶子以外，它的尺寸也能排上号。芭蕉的叶子很好看，也很大，不过芭蕉一般都生长在田坎的下边，我们很难够着。另外，芭蕉叶取下来就像一块块碎了的布块，孩子们觉得既不完整，也不太美观。

因此，我们最喜欢的就是那棵梧桐树了。

梧桐树的叶子肥大，而且很好摘下来。它的叶子繁多，足够好多小孩子玩儿。在我们去割草的时候，在我们玩捉迷藏的时候，只要我们经过这个小山坡，便会摘上一片梧桐树叶，把它当成纸飞机。在夏天清晨第一缕热烈的阳光来临之时，把它拿来当遮阳伞。那时候的梧桐树，真可以用繁茂来形容，片片叶子硕大，而且都闪着耀眼的光芒，有晶莹剔透的可爱露珠曾躺在它们的怀抱，也有可爱的毛毛虫在它们怀里游玩。

记得有一年的夏天，梧桐树是我们最亲密的伙伴。我们姊妹几个都说梧桐树下凉快，大家在树下玩了一整个夏天。

梧桐树会开很美妙的花，花瓣飞落的季节是春季。片片花瓣，落了一地，远望似雪，近看，一地粉红，一小朵一小朵静静地躺在地上，仿佛一个个甜美的精灵，告诉我们春的消息。爷爷经常在梧桐树下给我们讲故事，讲我的太公是怎样一个人从黑龙江走回了家乡，谈他的父亲以前是怎样挽救了许多人的性命。

冬天，是梧桐籽落的时节。一阵寒风过后，母亲便带我们去那棵梧桐树下捡起掉落的梧桐籽。梧桐籽非常黑，我们都不懂它有什么作用。母亲说："梧桐的用处可大着呢！梧桐树木材轻软，是制木匣和乐器的良材。种子炒熟可食用或榨油。树皮的纤维洁白，可用以造纸和编绳子等。木材刨片可浸出黏液，称刨花，可以润发。梧桐的叶子做土农药，可杀灭蚜虫。"

母亲拿着一个竹篓，我们姊妹便和母亲在路上、路下、坡上拾梧桐籽，仿佛那不是梧桐籽，是一分一分的硬币，是上学可以用上的学费。

那时的日子是贫穷的，梧桐树却给了我不一样的童年回忆。是它，一直陪着我长大。

如今花落了又开，我该去看看这棵记忆中的梧桐树了，因为它的怀里有我的童年。

第四辑 流年之感情

你的纯，我的白

洁白的试卷，加上你黑色工整的字体，有了你跳动的思维；雪白的校衣，加上绿色的校徽，便有了青春的气息；银白的运动服，配上老师优美的曲线，会多一份妈妈淳朴的关爱。

每天和学生打交道，他们的青涩会让我成熟，他们的狂躁会让我理性。

遇上还是一片空白的你们，我应该充满耐心，耐心倾听你们的心事；你们的那样白净的少年时代，我有几分欣赏，几分羡慕。

然，有一种白色，他们的白，和我的白是一样的。

白色的上衣，纯洁的美好。我喜欢身穿白色的衬衫、T恤或者运动衣，喜欢这个时候坐在学生当中，无论你我，很多人可能辨别不出。只有我从他们中抽离出来的片刻，你也许才知道我在其中。不是你的眼没有看清，只是我已经把自己融入其中。

不懂的空白，彼此成长。当学生来问我问题的时候，我俯身看着他们所指的题目，恰好的白色，笑容也是一如往常的美好。我们都在进步，我在原来未知的空白中，比昨日多了些许感悟。互相陪伴的美好，是留白的妙不可言的未来。

纯洁的白色，留白的颜料，班级里的洁白纯粹，是一个宁静澄澈的湖。

就让你我互相在洁白的记忆中翱翔，你我是一只只银白色的鸟儿，都会飞向属于自己的蓝天碧海。

多年以后，你是否记得，时代背景下的我们，都是一样的至上而又伟大？当李宇春的歌曲《和你一样》响彻耳旁，是否你仍有昨日的怀念？

扫尘的欢乐

我是一个 80 后，童年在乡野中长大，乐趣自然有许多。不过，让我最开心的当数新年了！

"小孩小孩你别馋，过了腊八就是年……二十三，糖瓜粘；二十四，扫房子……"

新年里有母亲做的新衣裳，有压岁钱，还有香喷喷的美食、小孩子快乐的追逐，那些给我留下了深刻的印象。不过，我记忆最为深刻的是儿时的"扫房子"。

每临除夕，家家户户都要进行一次大扫除。在农历二十四或二十五，待太阳刚刚露出笑脸，我们吃过早餐，姊妹几个便和母亲一起把家的里里外外来个彻底打扫。

那年月，母亲一年到头忙碌着，过年前夕才稍得空闲。我们吃过早餐，母亲便在厨房里忙碌着。她把柴火放进灶里点燃，让那些细碎的小木柴慢慢随着亮光酝酿。不过半个小时光景，待母亲从田地里回来，便会惊喜地和我们说："大家可以一起搞大扫除啦！热水已经温好了！"

母亲和我们一起忙着打扫卫生，她清洗蚊帐被褥，连箩筐家具也洗刷一遍，我们一起把里里外外都收拾得干干净净。

不一会儿，我们就累得满头大汗，在阳光的暴晒之下不得不脱下外套。休息一会儿，待洗得差不多了，我们便会去楼上两层的客厅。在搞这个大工程的卫生之前，母亲会给我们穿好旧衣服，戴好旧帽子，我们小孩子都觉得好玩极了。我们在那长长的竹竿上绑一些旧的破了的衣服的碎布，很快就能把那些蜘蛛网一网打尽，母亲直夸我们是一个个厉害的扫尘大侠！

只要我们喊累了，母亲随时让我们歇一歇，然后拿出刚入腊月时做好的黄米果子给我们吃。

半天时间对于除夕前的打扫是不够的，下午我们大多是继续劳作。母亲用碱粉把那些家具和锅碗瓢盆擦洗一遍后，我们再刷洗干净。吃过午饭后，这些物品被太阳晒干了，母亲就把全家人的被子和棉袄拿出来晒，母亲笑盈盈地说："快过年了，把那些晦气都让这太阳给晒了去呀！多好的太阳！"

由于平时上学没有干过太多的体力活，一天除尘工作干下来，我们姊妹都会感觉胳膊和手臂有些酸痛；但只要晚上闻着被子里太阳的香甜气味，便觉得浑身舒爽。

童年里，我们姊妹都喜欢和母亲一起扫尘土，因为有儿时的欢乐，有母亲做的美食，还有母亲那浓浓的爱。

喜悦相逢

有的人，相处时间不多，却给我留下深刻的印象。

在我的学生时代，有这样的一个人，给我留下了难以忘怀的记忆。他只在我的中学时代教过我一年。之后，我便不知道他去了哪里。

那时的他帅气，戴着一副眼镜，很斯文、绅士。我的数学不太好，因他年轻，我们都喜欢问他问题；他的字也写得极隽秀潇洒，让人赏心悦目。

他给我们解答问题时，有个特点，一只腿喜欢抖动着，我觉得那是一种特别的思考模式，莫名地觉得他身上有特别的气质。他就那样坐着，给你讲题目时，自习课在讲台前面改作业本时，他都会有这个动作。

一直记得他，因他着实与众不同。

有一次，我们数学测试，同学们都很兴奋地去他办公室问自己的成绩，当时的题目不算难，我查阅了我的试卷：98分。发下来时，同桌发现老师把我的试卷判错了。于是，我只好诚实地把试卷送到老师办公室，他重新在试卷上改了一个分数——87分。我的心情有些失落，当我看见老师那么细心、字迹那么工整地对待我的试卷时，料想老师一定是想多给我几分的，以鼓励我继续努力。

时间很快过去，一年，两年……我已经大学毕业，在家乡也当了一名人民教师，我时常也会想起曾经的那个帅气的刘老师，我时常会问：您去了哪里呀！

有一次，我无意间在政府官网看见，老师已经在政府工作了，那名字异常熟悉，那不就是我当初的数学老师吗？真是了不起！我从心里为有这样的好老师而骄傲！

那天中午，阳光明媚，从食堂吃饭出来，我看见一个人，他看上去和我原来的数学老师一模一样。于是我快步走上前去询问，果然是他。原来，老师的女儿在我工作的那所学校上学，他特意过来接她女儿放学。

再后来，我有了他的微信，但交流甚少。不过，我一直感激老师的教育之恩，只是那时老师身居要职，许多事情交流起来毕竟有所不同，加上年龄差异、工作性质等，让我不好去打扰老师。尽管这样，我依然尊重我的老师。

有一次，去局里拿我的证书，我带着孩子一起去，其间正好碰到了我的老师，彼此寒暄了一番，询问了小孩的情况，那时感觉又见到老师，实在是喜悦。

我还曾看见老师和他女儿在桥上散步，看着他慈祥的面容在阳光下熠熠生辉。

后来的后来，我发现老师极喜欢看书，我们有过一点沟通。如今，再次见到老师，我感觉到亲切而美好。即使无言，即使稍作寒暄，也能感觉到那纯真的缘分。

碎言碎语叹流年

赏荷

去年看荷花，今夕赏荷叶。

莲叶斜阳下，似有荷花香。

生日——写给自己

网上说："世界上唯一不用努力能得到的只有年龄。"的确如此。当然也许不只有年龄，还有其他的不用努力就能获得的，比如懒惰，比如不思进取。

时光缓缓又匆匆，那年整整三十二岁，一切似乎都没有变化，而生日却如期而至。青春稍纵即逝，希望能遇见更好的自己，不负流年，不负光阴的馈赠。

那天，我在读书，读到富兰克林的自传，自己突然一阵感触，似乎没有书，思想即无所托付。文字真是治愈人的良药。如果你不能掌控自己的情绪，我建议你多看书；如果你总是没有耐心，那么建议你把心思放慢，多汲取书中的养分。

近来，忙的时候昏天黑地，经常心力交瘁。有时候觉得自己没有好好享受生活，感觉压力重重。正是经历了这样的辗转和反复，还有一段时间经常感冒，更是让我领悟到了健康的重要性。后来，我认真地规划自己的生活，从觉得自己无所不能到适当地取舍，让自己的生活和工作得到了一个平衡。

从那以后，我坚持锻炼，在家里经常练习瑜伽，有时候也出去跑步，进行室外活动。只要放假在家，我定会清理家里的东西，让自己的东西随时保持干净，桌面随时保持整洁。

同时，我经常暗示自己，应该给自己好好制定一些实际的目标，不要让工作占据生活的全部，应该合理安排好家庭、孩子和工作。

慢慢地，当我发现我精简了自己的生活以后，也减少了许多对嗓子的无端的伤害，自己的身体健康得到了重视。生活从此因为阅读、节制和精简而变得更加丰盈起来。

一个下雨的周末

阴天，
下雨，
周末，
思绪开始飘散。

生活，
简简单单的，
趁儿子去练字的时候看几页书。

加班去改试卷，
人多力量大，
很快就改好了。

于是，

发发呆，

就很好。

睡眼惺忪，

迷迷糊糊，

是因为停电了。

似乎以前活泼乱跳的自己，

突然就忍不住安静地沉思起来。

乡下年味

听说 2019 年春节县城都不能放烟花了，于是我们决定回老家过年。为了迎接新年，婆婆很早便回去打扫。家里的房子重新装修了一下，应政府新农村建设要求，房子铺了琉璃瓦，感觉亮丽了许多。

现在过年，家家户户都提前准备，有亲戚拿来各种乡下有机蔬菜、鱼、猪肉等。于是，等到我们这些上班族回家过年的时候，只要稍微帮点忙，便可以吃上丰盛的年夜饭。

像我这种平日除了上班，便是教育孩子的一个女人，过年放假回去自然是觉得最舒适不过。吃过晚饭以后，大家坐在房门前，星星一闪一闪的，在寂静的夜空下很有美感。乡下的年，十分热闹，烟花此起彼伏，声音响彻云霄，回声听得脆脆的，好像我小时候生吃黄瓜一般地清亮。烟花一放，住在乡村田野两边的人家也就互相对望着。我们放烟花的时候，对面人家看我们烟花的灿烂；对面人家放烟花的时候，我们欣赏他们的烟花流光。乡下人，总是这样带着欣赏的心情来过年。时而沉静，时而喧哗，一切是那样合理，那样和谐。

在乡下过年的日子，一整天都会去别人家坐坐，有事情的时候离开一下，接着又回去坐坐，喝喝茶，或者吃点别人家里做的美食。这让我感觉似神仙，好不快活。

乡村夜晚的烟花可以让你看个够。看够了以后，大家伙儿就一起盘腿坐着看春晚。外面的烟花声和电视里的烟花声融为一体，脑子里尽是那绚烂的画面。

过年时候的朋友圈，有一大桌热气腾腾的饭菜，这该是俗世里永远不变的经典，中国人特有的情怀，家的味道，年的甜蜜。

亦有严谨的人，不发朋友圈的，但是他们在心里定是有更多的岁月要珍藏。相比于那些热热闹闹的画面，在新年里，读一卷书，品一杯茶，也该是一种极致的美好。

回眸逝去的岁月

成年人回眸逝去的岁月，想起以前的旧日子，思索着自己接下来该如何做，就不会让时间那么快流逝；可是，有的青少年却不明白，他们认为岁月很长，有大把的青春可以挥霍……他们从来不会回眸，他们觉得那样太累。往前走，就对了，现在他们没有珍惜时间念书，没有珍惜时间去做作业，他们认为未来还很长……

当他们长大以后，是否会觉得光阴可贵呢？他们很早就念过的"一寸光阴一寸金"，是否遗忘了呢？

是否在回眸这些逝去的日子时，也像我一样感叹，甚至觉得惋惜呢？

如果家长能够多以自己的亲身例子和孩子沟通交流，那么孩子在很小的时候，是否便会知道学习是离成功最近的路？

如果家长能够做个有心人，在孩子面前从容镇定地感叹生活中逝去的日子，感慨如果重新来一次，自己会如何去努力……那么，孩子是否能更加明白时间的宝贵呢？

如果我们在孩子面前努力地工作、踏实地奋进，那么，孩子是否会看见大人是如何让光阴的脚步稍稍停留，进而更加努力地去珍惜生命中仅有的时间呢？

村上春树说，你要记得大雨中为你撑伞的人，帮你挡住外来之物的人，黑暗中默默抱紧你的人，逗你笑的人，陪你彻夜聊天儿的人，坐车来看望你的人，陪你哭过的人，在医院陪你的人，总是以你为重的人。是这些人组成你生命中一点一滴的温暖，是这些温暖使你成为善良的人。

正是这些人，让我们看到了世界的无限美好，让我们更加安然而幸福地活着。

是否我的努力，会让更多的人看见，让未成年人看见，让他们倍感温暖呢？

也许，让他们在年少的青春，看见大人的努力，不失为一种良好的教育方法和策略。

这是否意味着，我们应放下自己的高架子，做孩子成长路上的领路人？这是否意味着，当我们把自己的心理特征代入孩子成长的这个时代，我们可以和他们更有共鸣？这是否意味着，我们与孩子分享儿时的愿望和喜悦，容易得到孩子的信任和理解呢？

但愿我们的回眸，可以温暖孩子们的青春，可以抚平他们心里的伤痕，可以陪他们走过一段开满荆棘与鲜花的不寻常之路。

离别的意义

有人说："你没有如期归来，这正是离别的意义。"

当我看见这句话时，我想，大概是有很多人没有如期归来，离开了我们。

娟子的初恋是在大学，那时的爱情没有压力，年少的快乐，追逐的欢愉，似乎预示着他们会永远在一起。

可是，有一年的秋天，娟子再也没有回到那个他们曾在一起欢笑的校园，风吹走了那些记忆，留下满满的遗憾和失落，如那片片金黄的落叶，飘散到了一个无人问津的地方。

从此，他问她为什么不好好道别，欠他一个"再见"，她没有说话。只说："缘分已注定。"

他记得如此深刻，总觉她一直还在他身边，总觉她永远属于他，她还是曾经的那个女孩。

他不知道的是，娟子比一般女孩成熟和理智。

她说："我没有如期归来，正是离别的意义。"

其实，那年的夏天，当他们一起坐在草地上聊天儿，肩靠肩一起观看远方落日时，他送她的戒指突然钻进草丛，就不见了。她心里就想：是不是他们的爱情，有一天也会突然不见踪影？

她只是不想让他伤心，他看不懂她心里的伤痛，默默独自承受没有他的日子。

她用力地爱着她认为真诚善良的男孩，但她知道，他们真的很难在一起。

　　她没有如期归来，也没有如期地归去，因为娟子懂得，上天的一切安排有着不同寻常的意义。

　　她带着那些被风干的记忆在路上前行，反而更加明白了爱与被爱的真谛。

小情小绪

一

忘了吧，

那年她十八，

忘了永远的那个她。

她说你伤害了她，

其实，

是她自己过不去的坎。

她说你让她难过，

其实，

是她间歇性的忧伤。

为何，

总是无法释怀，

那一日一日的追捧。

为何，

总是无法解释，

心中那最深的牵挂。

二

夏日炎炎，她思索过度，感觉劳累，躺在床上沉沉地睡着了⋯⋯

醒来后，她觉得是她自寻烦恼。

听到电脑还在放着学习课堂的视频，听着尹然老师美妙的声音，她在心里感叹着首都学生的优秀。虽然这时，她的内心已波澜起伏。

外面的太阳很大，看不见天空，她想象着，蓝天应该和昨天的一样蓝；她在房间心情跌落到了谷底，不知为何被他如此忽略。

他忽略了她心里的伤，忽略了她耐心的等待，一瞬间，她觉得他忽略一切有关她的事物。

或许，她晓得，这个男人兴许只记得她的肉体。

她感觉自己被骗，想彻底就此放弃一切属于他们的过往。

多么无聊、多么心酸、多么可惜，那些好的光阴，不该浪费在一个不对的人身上。

然而，她还在等他一个交代或一个解释，她想要的，却又不是毒誓式的诺言。

毒誓有什么用？那个人信息发过来："这下你该满意了吧？"

她觉得没一点儿劲，打不起该有的精神。也许他真的不知道，这个女人到底怎么了？

事情很小，只因她等了他四个小时回复她信息；事情微不足道，只是她觉得他近日从没主动给她发过一次消息。

这些就够了，有种不悦的想法涌上心头，快要到喉咙，却又说不出口。一来她很节俭，二来她没有得到过他任何的心里安慰。她自然觉得不值得她花去如此多的时间去伤怀，那样只会让她累得透不过气来。

仿佛有种快要窒息而死的痴狂，一切往事浮上来，她似乎有种预感，他蓄谋已久，要欺骗她。

当初的快乐，或许正是现在的阴影。她心里容下的快乐，承受的伤痛，各自参半。

没有人知道他们说了些什么，也没有人知道她到底是怎么想的。总之，她非常不快乐，她奇怪自己竟为这鸡毛小事伤神。

她大概因为想得到快乐，所以不快乐；因为想要他给予幸福，所以难过。

只是有的时候，她还是想结束这该死的感情，越快越好，大家尽快都把对方遗忘……

三

一夜起来，不像前几天那样萎靡，她难得有精神。

也许总要互相折磨一次，她想着，她和他才知道……

有些事情，不用分得太清楚，譬如两人压抑许久的一次争吵……他们之间，重新开始，一切变得微妙起来。

誓言辗转轮回，伤害偶尔被忽略。她告诉自己，不要太固执己见，不要太任性妄为，不要太无所顾忌……

她还是不够理智，不够成熟，如他发脾气的样子一样疯癫，一样絮叨……

夏天的室外气温在三十五摄氏度以上，室内气温降了好几度，她的头脑掠过丝丝清醒。

因为有她，他才觉得人间值得。因为有他，她才觉得，她值得拥有他所给予的一切。

六月天空蓝，大地炽热，如她的灼灼之心，肆意中带着自然与从容。每走过一段旅程，每经历一路风景，都刻在彼此的记忆中。

　　她仿佛望见，这叫作"夏"的冲动，越过秋日金黄落叶，就着冬季寒冷的风，直抵那叫作"春"的悸动。

四

　　突然，她觉得心情很压抑，不知如何释放。自从知道家里发生过一些事情后，她难过至极。

　　难过久了，她仿佛也就释怀了。

　　俄国作家屠格涅夫说，那个时候，我用一声叹息，一种凄凉的感情送走了我那昙花一现的初恋的幻影的时候，我希望过什么，我期待过什么，我预见了什么光明灿烂的前途呢？

　　她想起她的青春，想起曾追求过她的每一个男子，似乎都比眼前这个男子更值得托付，她预见了什么光明灿烂的前途？

　　没有。

　　六点醒来之前，她做了一个梦，梦见曾经的自己和那个男孩。

　　这样的梦境为什么会出现？或许只是她在朋友圈多看了一眼那黄昏的画面。有一张是他拍摄的，配乐是《世界这么大 还是遇见你》副歌部分，那一会儿，她的心仿佛被触动。她给一幅图点赞，那是一张如梦如幻的黄昏图，他跟着排在她的右边也点了一个赞。她最近心事太重，没办法去宽容所有事和人，只能借以梦的形式，宽慰自己……

　　她拒绝了所有风花雪月，只想在自己的世界，静静思考她未来的情感、未来的路。

　　她想独自面对，独自解决生命中最重要的——让她刻骨铭心的事情。当然，在别人面前，只是云淡风轻。

是了，生活开心与否，无关金钱、荣誉和地位。她要求自己尽量去活好每一个当下，努力生活，尽力奋斗，不让自己后悔！

再不济，她还有她自己，她还能做回自己，让自己从头再来，让自己再一次泪流满面或喜极而泣！

她对自己说："加油，坚持！一切都会好起来……"

五

每个人的日子，都要删繁就简。不然，岁月如何美丽纯洁？

有所得，必会有所失去。那些我们心心念念的细碎之事，终究盼不到一个丰满的春天。

唯有心底的珍藏，可以永恒。把酒言欢，一醉方休。

假如生活没有了灵感，是否可以借用古人的诗句来疗伤？

假如冬日的寒意再次袭来，你是否可以不管不顾，自己给自己温暖？

相信吧，痛苦的日子终将过去。许你一个繁花盛开，许你一个如愿以偿。

清明·追思

画像里的思念

爷爷的素像，一直放在我家客厅的仙桌上。仙桌，是节日时节，用来祭拜祖先或纪念家人的——一张长长的桌子。

爷爷的素像放在仙桌右边的一角，在一块瓷板上。我大概记得是在油石的圩上托仙师画的，这像画得十分传神。

爷爷穿着灰色的麻布衫，眼神庄严肃目，像在我身边望着我一样，栩栩如生。像的中上边写着"父亲大人六十五岁肖像"；左下边竖着写了他的六个儿子和六个孙子的姓名；下边写着"公元一九九四年秋编制"。

仙桌的上方有一张红纸写的神位，上头的中间写着"汾阳始高曾祖考妣神位"，左边是"右穆"，右边是"左昭"。神位的红纸两侧放着两瓶装饰性玫瑰花。时间久远，有些灰尘在上面笼罩着，显得异样朦胧。下边的花瓶是黑色的。

一进屋，客厅正中，抬头就能看见毛主席的挂像，那是父亲买的图画。挂像用金黄色的边框裱着，毛主席威武地站立在画像中间，他身着深蓝色的中山装和一件大长风衣，右手夹着一支烟，左手插放在裤口袋，指点江山的风范在他身上尽展无遗，实在是神气极了。

毛主席的身后有万丈的青山，青山上有苍劲的松树，更远处朝霞满天；他的脚下有青翠的小草、火红的小树、鲜艳的小花；他的头顶上方有他作的一首词——"江山如此多娇，引无数英雄竞折腰……"，飘洒之至。

末了，在他的右上边，"一代天骄"四个字红得耀眼四射。

毛主席的画像，是父亲最喜欢的挂像之一，也是他亲自买的；爷爷的画像，无疑是父亲让人专门给爷爷画的，留下了父亲最深的思念。

母亲的寄托

老家客厅花瓶的旁边，是一个祭祀用的四角瓷器。

瓷器里面有木炭灰，木炭灰里插过香和蜡烛，还有剩下的一根根香根牢固地立着，密密扎根在这个瓷器里。

那剩下的一根根小木棍，头上还竖起一根黑色的东西，足足有三四十根，承载的都是母亲的希望。

小时候，过年了，母亲做好满满一桌饭菜，会在这个仙桌下边的小橱子里，拿出香火和蜡烛。她说，不能先吃，要等到我们祖辈们的灵魂都回来了，我们再一起吃。

我们看着她点起蜡烛，红红的火苗映衬着她微微笑意，母亲这时也会叫我们帮忙拿着香火或蜡烛，她来点火。

一般三根蜡烛配一根香火，母亲交代我们数好。她还是不放心，生怕在这重要的节日里出了差错，再次自己点清，说："对，没错，就是这么多。"

节日里，我们和母亲一起祭拜祖先，一起给他们作揖三下行礼。母亲在这个节日里神圣专注，她肃穆的样子永久地留在了我的记忆。

每年清明节，母亲早早起来杀鸭子，吃完一顿丰盛的午餐后，在房间休息一会儿。

144

再起来，她和父亲便去扫墓，给我们的祖公祖母，太公太婆，还有我的爷爷奶奶，加上远方的亲戚，她会给他们捎一段话："爹，娘，我准备了鸡鸭鱼肉，你们尽情享用。""公公婆婆，你们辛苦了，回家来吃你们爱吃的，钱我也烧给你们了，请你们保佑子孙平安，学业有成，大吉大利，多财多福。"

小时候，我们都傻得可爱。心想，这样说真的有用吗？

如今才晓得，那话语承载着母亲很多希望和寄托。

"梨花风起正清明"，我想起母亲，想起她闭目虔诚的祈祷。

屋外的山色

在屋内向外看，烟雨蒙蒙环绕着对面青山，像一幅水墨山水画。

近处的树是淡青色，远处的是颜色更深的墨绿。山中的两处最静谧的丛林有树木呼出的水雾，像极了两股仙气慢慢飘动。

我猜那是山里的老人，清明时候的灵魂出窍，想念着还在世上的儿孙。

爬山祭拜

下午，我们去祭祖。清酒一杯，盛满了对亲人的思念；菊花一束，裹着对逝者的挂念；泪水一行，寄着对往昔的怀想；青烟缕缕，荡漾着对祖先的缅怀……

逝水流年

有段时间，小城出现疫情。疫情过后，想念小城江边景色，晚上十点，我到江边散步。

从家出了门经过几个店门口，经过那已成为废弃停车场的玉龙湾售楼部，右拐进入一排郁郁葱葱的大树下，阴森的黑夜自带一些神秘色彩呈现在我眼前。往前，闪烁的霓虹灯充满魅惑色彩。不远处的桥上，有人在散步轻语，在这寂静的桥下，听得格外清晰；还有几个年轻小伙子从我对面迎着风走过来，浓浓的青春气息扑面而来。应是聚会多喝了几杯，才会如此放声开怀地大笑起来！

我站在桥下看灯火，远处的高楼，有千家万家，那是迷人的俗世人间烟火。

太喜欢这样的夜晚，独自一人在江边静静发呆。一座城就像一个人，她有很多面，只要用心感受她的脉搏，便可以读懂她。疫情时，她是沉静的；平日里，她是百味的；白昼，她是热闹的；夜晚，她是安静的；霓虹灯下，她是妖媚的；阳光下，她是夺目的。想要了解她，自然夜里也要来探寻。

这是我见过的，小城最美的夜晚。离开吧？我舍不得。于是，我又多看了两眼。

江风静静地吹啊，犹江的水波光粼粼，荡起彩色的涟漪。整个小城最高的那楼——玉龙湾，此时就倒映在水中，连同万家灯火一起，组成了一幅绝美的夜色朦胧之画。

这时候该是小青年谈恋爱的时节。江边的夜景，宁静中带有一丝纯洁的美妙。

我被这妙不可言的夜色勾了魂。

C和她原来的男朋友，就在这美丽的江边散过步，看着魅惑的彩色灯光，微风迎着他们，她白色的裙摆即是他的最爱；而他即是她的神，一位高大魁梧的军人。

那年，一个十七岁女孩和一个十八岁男孩进入了一个梦幻般盼望已久的假期，几个朋友欢庆完，他和她一起骑单车到桥上看夜景。

男孩和女孩迎着江风，风吹起了他的白衬衣，也吹乱了她的发。那个喜欢黄家驹歌曲的男孩，那一刻定格在她永恒的记忆中。

那时候青春年少，有这夜色的妩媚，还有这一波江水的清澈透亮。

夜渐渐深了，千家万家开始安息，灯火一盏一盏慢慢消退，只剩下桥上的银色路灯静静守护，桥下的霓虹灯和岸边的彩色灯交相呼应，轮流闪烁着不同光芒。这场景正似两人在用心地互相交流，他们在一起回味着发生在这里的每一个动人故事。

我想，夜灯不说话，也一定在眨巴着亮晶晶的眼睛，赋予每一个逝水年华动人的韵味。

无言的父爱

　　总有一种亲情，无言也刻骨铭心；总有一些关于他的文字，触碰我的内心深处。常常读朱自清的《背影》，时光就像在花瓣下漫漫飞舞，父亲的背影穿越了时空，映入我的眼帘，闪烁在我的脑海。

　　父爱如山，沉静无言。小时候，我坐在三脚架自行车的后座上，耳旁听着风呼呼吹着。我搂着父亲厚实的腰，看着车轮在狭小的乡间小路上极速地转动。下边是高高的田坎，只要靠着父亲那坚实的后背，我便觉得十分安然。那时候，没有害怕，只有坚信。父亲就是我的山，脉搏涌动着对父亲深深的依恋。

　　父爱如歌，细语恩情。印象中父亲只说过一些很简短的话语，可这些细碎的语言，时如激昂的乐曲充满力量，时如涓涓细流情意绵绵。他是个话少的人，但他却坚定、决然，为我的人生指引了正确方向。

　　父爱如诗，纸短情长。对于父亲严格的叮咛，我以前常回应："好，我知道了。"其实心里多次抱怨起他来。中学时候也总会觉得父亲说话水平不高……现在才明白，时光带走了我童年的岁月，却带不走父亲给我的爱。

　　小时候父亲很少在家，回来时的严厉让我害怕；现在，当看见父亲赶鸡赶鸭的沧桑背影时，我读懂了他的勤劳；看见他清晨在乡间漫步的背影时，我理解了他的无言；看见他在屋前劈柴的背影时，我感受到了他的执着。他对子女的情和温暖的爱都默默地融进了这单薄的身影中。

　　有天，我在楼顶看风景。家门前的桃花开了，一朵朵竞相绽放，有

148

粉白色的，有鲜红色的，那是爸爸嫁接的桃树，有种独一无二的美。花和枝叶在风中摇曳，落下一地粉红，就像春天在和我点头示好。那粉粉的美，如同一个可爱的小女孩，粉红是她的脸蛋儿。那小女孩便是小时候的我，是父亲抚育了我长大，让我有个美好的青春年华。

桃树下面的竹篱笆围着的，是我家的菜园子。爸爸的勤劳，在村子里是数一数二的。突然就想起幼时父亲为我做的竹灯笼，那是用一小块一小块竹片编制的，小竹片都要精心地削好。父亲做的灯笼，有竹之清香。夜晚点上一根小蜡烛放置里边，结实而且温暖。

前些日子，我看见父亲又拿起他的长竹竿子，竹竿的尾巴摇摇晃晃，赶着在桃树底下的鸡鸭去自己找食物吃。不一会儿，母鸡们在田埂上吃青草，鸭子们回到了池里，它们都吃得津津有味。忆起来，父亲当初也是这么赶着我们去学习、去闯天地的，这就是父亲的思维。他教会了我们：家里能提供给你们基本的条件，但是最重要的是你们自己要出去努力奋斗！

父亲种的桂花树高了，我都没有发现。现在桂花树有着笔直的树干，翠绿的枝叶。我寻思着，等到八月，又该有桂花香了。看着桃花在风中笑，母鸡们围在红红的月季花下觅食，我在心中感叹：父亲就是这么勤劳的一个人，他严肃的面容下一直有颗慈善的心。他温柔地待那一鸡、一鸭、一花、一树，内心也是如此柔软地呵护着我们姊妹呀！

一直以为父亲很坚强。不经意间，我却看见他眼圈红红地闪着泪光，因为二姐。二姐先前经历了一些挫折，一蹶不振。那段日子，她不上班，不问事，闹脾气。几乎变成了一个四五岁孩子的个性。也因这事，我常奔家去，一起商量解决的办法。妈妈和我悄悄地说："你爸最近一说就落泪，一说就落泪。难为他了，言不由衷。"自那事以后，我更加坚信：父亲，一直严厉，但他对我们的关心从未间断；尽管他不太过问我们的生活，爱却一直在他的心底……

　　父亲的爱似一杯陈酒，在时光隧道吸收了岁月之久远，散发着醉人的醇香；这份爱似一块千年古董，历经漫长之时光，在我的生命中沉淀出了愈来愈深厚的价值。

以心灵感化心灵

——记两个女孩的故事

多年前，当隔壁班的一个女孩突然找到我时，我有些无措，不知她要向我表达什么。我停下手中的工作，耐心地听她说完，明白了她的意思：不要给她太大的压力，如果她作业没有做完的话。

我微笑着答应她："好的，没关系，你有什么需要帮忙的，尽管说。"

就在那一天，女孩和我聊了很多，从她的话语中，我了解了她的成长环境和家庭状况。从小，她母亲说什么，她就做什么。在家里，她和她爸爸都得听她妈妈的话，如果不听，她母亲就会一直说，一直说，直到对方投降为止。

我想起来，社会中大概是有这么一类人的，母亲在家里有着绝对的特权，这样的家庭属于母亲权威型家庭。

女孩的抱怨，让我心疼。她站在办公室的窗边，用手紧紧拽着窗帘下边的布条，紧张和焦虑似乎无处排放，在见到我前压抑的情绪，终于排山倒海般涌出来。

从她说话的语气中，我觉察出她矛盾的心理，信任与怀疑并存。开始，我让她坐下来谈。她羞怯地摇头，说站着便好。

我欣赏她的礼貌和克制，但我也在心底忧伤。再后来，我叫了她两次坐下来沟通，她便坐在我身边，心里也踏实了不少。

站在她的立场上看待这些问题，我给她提了一些建议和想法。无奈，她依然觉得希望渺茫。我说："试试看吧，不试试怎么知道没用呢。"

后来，她的班主任通知了她的家长，她的家长来了一趟学校，我也一起去和家长进行了沟通和交流。

在办公室里，我看见她和她的母亲都流下了委屈的泪水。她们仿佛明白，多年以来，两个人都在以不爱的方式寻求爱的供养，她们从来没有一次来自心灵的对话。长大以后的她，没得到过一次母亲甜蜜的、真心的拥抱，甚至对她来说，一次衷心的微笑、鼓励或者赞扬，都是奢侈的。

母女之间激烈的沟通，起到了较好的效果。母亲表示愿意改变不好的教育和沟通方式，女孩觉得可以试着理解母亲，当然，她还是对自己的母亲持怀疑态度：这么多年都改不了，真的能改正吗？

我当然也知道心理的问题需要多次沟通，才能达到较好的效果。

女孩常常找我沟通和交流，办公室天蓝色的小柜子里的书吸引了她。她希望我能借给她，我说我的书籍有些也是借的，需要时不时翻阅。为了和她有更多沟通交流的机会，我让她有空就来我办公室看。她很乐意。放暑假了，我借给她一本带回家去看。

这女孩是可爱的，我认为她已无太大的问题了。从那以后，我觉得她的家庭更幸福了，我也时常祈祷天下的父母，都能善待自己的孩子，尽量做到平静而友好地和孩子沟通。

无独有偶，在那段时间，我还遇到过一个女孩。

她之前是一个漂亮且成绩拔尖的女生，天有不测风云，后来遭遇了车祸，休学一年。

可怜的孩子，没有了好看的容貌，还要迎接中考，成绩不像以往出色，好强的性格给了她巨大的压力。当她说想要我的联系方式时，我惊讶极了，我从来没有给她上过一节课，她却认识我。

后来，我知晓了她的一些情况。她和我说，如果她不开心，她就会大哭一场。我说这种方式很好，可以释放心里的压力。她和我感同身受，觉得我这个老师没有和其他的人一样说："不要哭，想开点就好了。"她觉得那完全是句废话。她说我这样说的话，才是真正关心她。

在后面的多次沟通中，我引导她不要给自己太大压力，能上高中就很了不起。人生本来就不可能一帆风顺，毕竟天灾人祸，我们每个人也许都在所难免。

这个女孩和老师可以很好地沟通，说明她的心智比一般同学要成熟，她对老师很信任。

虽然我对她的关心微不足道，但后来我再也没看到她泪流满面。

后来中考，她如愿考上了高中，我为她欣慰，也为她骄傲。她说，她会继续在高中拼搏一把，努力考取自己满意的大学。她打了两次电话要来我家坐坐，腾出片刻时间见她，发现她一如往常地大方，笑容灿烂，如那天在教室门口见我的那样！

关心这两个女孩时，我的心灵也受到了感化。同为女性，我时常会想，该如何与不理解孩子的家长沟通和交流呢？同为女子，孩子在初中生涯的困惑能经过我的开导而释然，我又有什么困难、什么情绪不能克服呢？她们，让我明白了坚强的重要性。

每当难过时，每当有些事想不通时，我总会想起那两个曾需要我帮助的女孩。她们经我力所能及的指引，正在成长，我的心宽慰不少，也对自己未来的路多了一分希望！

火车岁月

K8726 次列车在行驶着，从一个城市到另外一个城市，坐稳以后，我开始听《张三的歌》。

歌曲似乎有一种魔力，让我想到了很多从前的事情，那些远去了的火车岁月，渐渐在我的脑海中清晰起来。

最早坐火车，我十八岁，高中毕业。第一次坐火车去一个大城市读大学。那时候坐得起的火车速度慢。想起以前的时光，也的确是很慢很慢，慢得一生只够爱一个人。那时候悠悠岁月，伴随着母亲漫长的叮咛。

清晨，天刚蒙蒙亮，母亲便会轻声地唤我起来，语气缓缓地说："要赶车了，得起来了哦。"我家在县城的西边，要去车站，距离稍远。母亲便会在路边为我叫一辆三轮车，帮忙把旅行箱、背包等放到车上。我上车后，母亲关心地对我说："坐好了，到了那边，一定给个电话，以免我担心挂念着。"我点头答应，喉咙里有话，却又哽咽着没有说出来。看着母亲越来越小的身影，我会忍不住流下眼泪。之后，我到汽车站坐车到下一个汽车站，然后再打摩托车的士到火车站。几经周折，我才能到达我要去的远方。

其实，我那时候没有想到自己会流泪。我以前总是想，离开家远一点儿，更自由了，毕竟我已经长大了。可是这一天真的到来了，我便忍不住哭了！

大学几年，每次从家回学校去，我都是这样目睹着母亲的影子离我越来越远，每次我都会在车上默默地流下眼泪。那几年的光阴，我明白了，我始终在母亲的爱护下成长。无论天涯海角，我总是想着她能常陪伴在我的左右。

"我们要飞到那遥远地方，看一看，这世界，并非那么凄凉……"

"我要带你到处去飞翔，走遍世界各地去观赏……"自由自在的青春，真的远去了。

那些火车停留的时光，我们有多少对爱情的等待，对友情的期盼啊！

大学的光阴，懵懂的年纪，悠悠的暗想，那个曾经暗恋的人，送他到火车站回家，他也就永远地回去了他的那个北方。经过一个假期的时光，我亦明白，确实有许多的障碍摆在我和他的眼前，于是打算把这份美好珍藏，让它变得永恒。

等待一般都发生在火车站，爱与被爱之间的故事实在太过平凡。

那年，曾经喜欢我朋友的那个男孩，他们一起坐火车。下了火车，才发现已经没有回学校的车了，于是，他们在网吧待了一个通宵。因为这个特别的经历，那个男孩懂得了他不能勉为其难。他们各自回到各自的学校，纯纯的感情，不说破，独自去思索。日后渐渐远离，然后完美错过。

那时候的朋友就是这样，能赶着最后一班公交车，能早早在火车站等候某个朋友的到来，不会因为无聊看很久手机，只会发个简单信息，却等得起这漫长而又无聊的却近乎喜悦的时光。

火车，或许承载着每个人太多的故事。回忆起来，都是美好的时光流年，成为我们每一个人青春生命里闪光的印记！

至亲味道

车一路行驶，稻谷的秧苗长高了。

记得上次经过时，稻穗还没长出来，如今长得有些沉甸甸了，这是时间的变化。大概又有十天半个月没有来这里了，我寻思着。

指着那边的稻田给儿子看："皓，你看，稻谷已经长出来了！"儿子也很惊喜地说道："哪里，哪里？"车子驶过了头，我连忙注视回原处，指给儿子看。

随后，我望向窗外，看外边的天空。这天气，闷热得要命。早上起来很热，像之前在东莞经历的天气一样。大概许久没有下雨了，这次从上饶培训回来，家里的这种热度让我难受之至。因为热，昨日我的下巴还起了一点小疹子。

天突然有些低沉，很快就要下雨。心想着赶快来场雨，车子的速度稍微快了一点儿。

乡下下雨的时候，天灰蒙蒙的，我和爸妈坐在客厅门口，看着绵绵细雨或倾盆大雨，感觉丝丝凉风吹过来，风里带着一点雨意。

那场景，那画面，我觉得比在城里吹空调舒服百倍。

最重要的是，这时，爸妈不用去忙碌，他们可以好好陪我聊天儿，说些有用或没用的话。偶尔母亲在那里择菜，我在一旁帮忙。

这时，她终于能停下来，让我看清她的皱纹是否多了，眼睛是否又深陷下去了一些。

要是在下午，饭菜会一碗碗地被端出来，我吃得饱饱的，吃到吃不下了却还想吃。

车继续前行，快到乡下的家了，天空没有一丝雨，只是风，爽爽的乡下的凉风一直在吹。

迫不及待在田边的马路上下了车，我和儿子拿着羽毛球，在一块空地上玩耍起来，一起呼吸这新鲜的凉爽的风……

玩了一会儿，我们往家走。在路旁，我看见一大片的稻田在风的吹拂下轻轻摇曳，风轻轻地爱抚着它们，稻田里的禾苗、稻穗也跟着一起舞蹈起来。

家乡的稻田，像极了父亲、母亲从小对我的关爱。现在我正把这些美好的思绪传递给我的孩子。

父母对我的爱，如风拂过这稻田，足够亲近的家的味道，够我用一生的时光来怀念。

这些年

"这些年，一个人，风也过，雨也走，有过泪，有过错，还记得坚持什么；真爱过，才会懂，会寂寞，会回首，终有梦，终有你，在心中……"周华健的这首经典老歌，时不时会萦绕在我耳旁，让我想起来很多美好的回忆。

那些时日的 KTV 时光，已经从我的生活中慢慢消退……这些年，我把更多的时光留给了工作，留给了孩子，留给了亲人或朋友。我们都是在一定的范围中遇见。

有些朋友，总能一见如故，有些朋友则越走越远了。所谓各有忙活，气场相同的自然能走在一起，不必勉强。并非所有人都薄情，每个人的灵魂深处，都很珍惜最初的美好，因为逝去的时光是我们的青春年华。

A 是我的一个朋友，这些年，她过得不好不坏。日子对于她来说，似乎永远是等得起的美妙。记忆深处，她永远记得她的初恋，那是一次暗恋。那个叫"MING"的男孩子是初中到高中那几年她能想象得有多美好，就有多美好的时光，她以他为榜样，她也只是青涩的记忆罢了。中学时代，觉得这个男生长得帅气、干净，成绩也好，沉静的样子就有阳光般的味道。也许是一种美丽的想象，她觉得朦胧的感觉真的挺好。她那时候觉得他就是她梦幻的男生形象。时光飞逝，高中的日子很快就来了，他们在不同的班级，她学文科，而他学理科。完全不同的他们……日子紧张得只有课间休息的片刻，她望着窗子外面，校园肆意飞起的柳条，飘扬、清朗。偶然间，她看见他在校园里走过，身影掠过她的眼眸，内心突然有甜甜的喜悦。一个学期能远远地看着他，就如那棵不会说话的树一般，纵然无言，也很心满意足。

后来，喜欢他成为她学习上的巨大动力。她努力着，奋发向上。她也会把这美好的情愫写进日记簿里，她想着：总有一天，上大学的时候吧，鼓足勇气，一定要告诉他。高考来了，很不幸运的是，他选择了复读。她没有复读，因为她觉得她一个女孩子，在那个爸妈历尽艰辛的岁月，能供她上大学已经很不容易了。但是感情并不是生命的唯一，她觉得以后不会后悔这些决定，后来她告诉了他自己的倾心……

经过了解，发现他并不是她所喜欢的类型。说来也特别，他们的家长竟然是认识的。他复读是想考一个更好成绩，有段时间，她还是会偶尔打电话给他，但是她后来还是认识到了不该如此打搅。

慢慢地，那些年，就过去了……

经年后，她结婚了，但她依然觉得曾经的努力，为了一个人努力的样子和那份冲劲，特别刻骨铭心。她说，那些年，在青春时期，她始终有所悸动，有所依恋，有所寄托，有所期待……

洁净纯白的情感，是生命中必要的绮丽啊。

朋友 B 说，这些年，她认识一个蓝颜知己，突然就不想和他联系了。原因是，她觉得越长大，胆子越小。她知道他对她好，这些年，也许心里是一直放不下她的。她曾经结婚、离婚，再结婚、离婚。那种从心里想象出来的完美爱情要怎么样才可能发生在一个追求完美的女子身上呢？她说，这些年，她爱过，痛过，哭过，忍耐过，终究她没有等到生命中那个她能全部接受的人……

这些年，我也知道，她其实很累，但是也很潇洒，她有常人所不能理解的可怜，也有常人所做不到的洒脱。放声歌唱，开心喝酒，从来不怕喝醉，无所顾忌地任性，我原来以为这是一种不节制。可是放眼望去，有几人能如此洒脱，去追求，去尝试，去爱自己所爱呢？也许她真的是用生命在诠释和追求着真正属于自己的爱情。

　　从前我总是认为自己看得很清楚，比如男女爱情保鲜期只有八十四个月之类的。也许，是我看得太明白，所以才没有她那样一直坚持的热爱与执着。

　　总之，这些年，我似乎没有 A 一样的刻骨铭心的暗恋，也没有像朋友 B 那样无人阻挡的勇气。我成了那个俗世中的平凡的我，工作，洗衣，做饭，看书，写字，带孩子，一切看似平淡，却也充满人间的烟火色。

冬日里阳光的温暖

冬天，阳光是我的最爱。

送完孩子回来，我把车停放在家门口的楼下，步行来到不远处一个路口的拐角处，那里的太阳很大，会感觉很暖。

果然是。我在那里一会儿看文章，一会儿和文友聊天儿，一会儿看文友在朋友圈发的纸质书籍里的文章，一切都觉得有诗意般的美好。

待我晒得全身暖和起来，我便又把帽子戴起来，遮住头，再晒一会儿，直到全身发烫，再一步步走回家。

即使回到阴影中，我也仿佛装满一身的阳光。想起路旁非洲楝的枝叶映照在布满阳光的大理石地板上，仿佛有一种协调的美好。初冬里没有太多的花儿开放，太阳便好似那最让人欢喜的花。

到达家里，全身的筋骨仿佛都舒展开了，如一朵在雪里冰冻着的玫瑰花，慢慢被太阳的温暖融化，和谐而又美丽的花儿似我的身心被融化、被启发。

坐在沙发上，来一段十分钟的瑜伽练习，打开胸腔，让呼吸顺畅均匀、来回起落，自己仿佛重新又有了一些能量。写上一篇文章，读上几页书，便觉是人间最美的时光。

朋友们的鼓励萦绕在我的耳际，那是一种冬日暖阳般的关怀。

我的思绪开始翩翩起舞。

冬日里，更美妙的是在乡下。人家楼顶上长满了葱茏的多肉植物，有的红，有的紫，有的绿。绿色的像小白菜一样的叶子，让人觉得青春肆意；红色的像一个个宝石，在太阳底下散发着迷人的光辉；紫色的呢，则像一位美丽高贵的女子，在那阳光底下晒着太阳，让人感觉到遥不可及的美好。

我坐在藤椅上晒太阳，太阳的热烈映射到了池塘的水波上。池塘里一汪碧绿的清水，仿佛可以望见里面有鲤鱼在欢快地游乐。

池塘边的脐橙熟透了，个个金黄，在绿色的枝叶之间像一个一个的小太阳。我摘下一个，放在红砖的围栏之上，拍下那独特的一幕，无数温暖如同太阳的温情，顿时在我的心头荡漾。

冬日里的阳光，洒在屋后竹林的梢头，太阳成了一个白色的花环。竹林随着风儿起舞、摇晃，仿佛所有绿色都有了生命的活力，一时间清脆的鸣响，让我忘记了那是潺潺的流水声，还是竹林伴着风在起舞歌唱。

家门口的左边还有数株月季花，有粉红的，有大红的，大红的那朵在阳光下更加娇艳，仿佛一个坐在聚光灯下的美人，观众只看见了它身上散发着的那一股独特魅力，其他植物都被它比了下去。

意识回到我刚刚在城里晒太阳的情景。有人说，太阳所到之处，皆是温暖；心里有阳光，目光所及之处，也尽是明媚。虽然我在小城的家里很难晒到太阳，只能远远地观望。但是，只要出去，选一处角落，还是有阳光的。

早上八九点钟的阳光，最是让人觉得舒适和惬意，这样一个周末上午，晒得我全身都是阳光的味道，就像我童年时候母亲冬天晒好的棉被，夜晚盖在我的身上，有一种温情的暖和感动。

带着这样的温暖，我看上一个钟头博尔赫斯的《布宜诺斯艾利斯激情》，再朗诵几首，是一种美妙的享受。

冬日里的阳光，也曾照在我以前工作过的地方。那个地方的冬日，可以看见不远处山上的枫叶红，那是我一生中度过的一段愉悦的工作时光。

那时候的日子简单而充实。孩子刚满一周岁。白天，我在单位认真负责地工作，傍晚回到家里，带着孩子看童话书、故事书，夜晚准时入眠，真是一段令人难忘的光阴。

太阳，那时照在那些穿着五颜六色衣服的学生身上，他们在课间能够尽情晒太阳。操场上那几棵大树，见证过我和他们的成长。

清晨，我来到学校，看见太阳就在我的不远方升起来，暖暖地，在召唤着我前行。上两个台阶，走到办公室，开门，烧水，喝茶，上早读，有一种坚强的力量。

望见冬天的暖阳，我又想起来很多美好。

只是那些逝去的日子，永远不会回来，但我依然觉得美好无比、温暖无限，正如今冬我晒的太阳，一样的温暖，一样有着每一个冬天不同寻常的美好与感动。

木槿花和凌霄花

中秋节前夕，我去了表哥家。

表哥家离县城不远，我喜欢去看他们院子里的花。只有表哥表嫂在家里，表弟在外地工作，甚少回来。

每次去，其实只是去看看他们罢了，找他们玩，和他们说说话。表嫂总是在灶头忙活，做一桌子的好菜给我吃，我心里十分欢喜。

临近中秋，表哥院子里的木槿依然开着。

夜晚时分，紫色的花瓣清晰可见，透过稀疏的枝叶，可以瞥见一轮明月，像躲在角落，又似挂在树上。院子清凉如水，月色动人。

走在院子里，坐在大理石的凳子上、桌子旁，望见去年那挂在墙角的凌霄花，金红色的花朵，一朵一朵，楚楚动人，我的心也仿佛开了花。

走到围墙前，细细瞧那凌霄花，它们个个有五六片花瓣，如一个个小喇叭，当然，比喇叭花大一些，艳丽许多。花朵挂在嫩枝头上，一些花骨朵儿含苞待放，真是可爱极了，如孩童般微笑。

凌霄花心嵌着金黄色的花蕾，温柔地躺在五朵花瓣中央，似个个靓丽女子经过一条洒满阳光的小道。一阵秋风吹过，她们摇曳着身姿，一齐迎着风的方向飞奔起来。

丛丛凌霄花点缀在绿色蔓藤上，围在墙的上方，像天上的繁星一样多，那都是美好的期盼。

表哥说，春天时花更多，半个围墙都是呢！表哥是一个热爱生活的人。挂在墙上垂落下来的凌霄花，有一种优雅，在绿叶之下向着太阳，姿势很低。

宋代诗人贾昌朝赞美凌霄花："披云似有凌霄志，向日宁无捧日心。"意思是说，凌霄花在云雾缭绕中向上生长，像是有高远的志向一样，向着太阳生长却没有奉承太阳的心。

凌霄花还没开放时，犹如红红的辣椒挂在枝头，甚是喜庆。它那喇叭似的形状，如对生活极度永恒的热爱。

大概，凌霄花便是表哥的模样。

木槿花，犹如我的表嫂，她每天辛勤地劳作，在岁月的河流中一点点变化。木槿是种极其普通的花，不用施肥，不用打药，如表嫂——这位农妇，她黝黑的皮肤，粗糙的手掌，有着朴实之光。

"槿花不见夕，一日一回新。东风吹桃李，须到明年春。"木槿每天花开花谢，却坚持不懈，次日又是满枝的花开，花开花落都在一日之间，开得绚丽多彩，它用温柔的坚持完美展示了它独特的美。表嫂如这木槿，有着永恒的爱。她积极绽放，从不懈怠，每天任劳任怨。

表哥和表嫂，就是这样一对普通的夫妇，有着不一样的美好品质。他们如这凌霄花和木槿花，在同个院子里，从春到夏，从夏到秋，再由秋到冬，周而复始，一直默默地相伴。

第五辑　节日之流年

一年的一半岁月，请温柔度过

早上来校时，天气闷热，快到盛夏了，"力尽不知热，但惜夏日长"，不过，我还是早早就起来了。

今天格外早，七点就出发，到楼下时，有古人说的"开轩纳微凉"之爽。

车行驶到离校一半路程时，电台节目《早上来打卡》正在播放，主持人乐观明朗的语气和笑声给了我很深印象。她说："朋友们，二〇二〇年就过去一半了，你们的目标都实现了吗？"

我的心此时震了一下。难道是我自知前段日子有些怠慢，故起来尤早？

主持人继续说，你有什么打算？有人说，他上半年的目标是到下半年实现，下半年的目标正在进行。主持人大笑，我在车上也大笑起来。伴随一首《你笑起来真好看》的音乐，和主持人早上问好的人越来越多。女主持人取了个"某公子"的男名，正觉疑惑，但觉这名字取得真有才，和节目气场完美契合。吐槽完后，有个阿姨和主持人说："马上要放暑假了，我家的神兽又要出笼了……"主持人快意地说："我想问啊，您的孩子在听您说话吗？"

不多时，我到校门口了……

爬楼梯到教室时，七点十分。利用十分钟，我和同学们说了些话，大概意思为，二〇二〇年已经过去了一半了，大家要努力之类的话语。

同学中也有好几个说，今天七月一日，党的生日！是啊，这是我们从小就知道的节日。可是，一年的时光已过去一半，又有几人能真切地体会其中的含义？

说真的，我们的目标都实现得怎么样了？

我常常也会思考这个问题。时光匆匆，我们应尽量从容地去面对一些事情。

总结一下，这半年，我没辜负自己。我坚持阅读，坚持抄读书笔记，认真做好自己的分内工作。时间过得特别快！

当然，遗憾的事情，总会有的。遇到一些"挫折"，也是人生的必经之路。我总希望，我的学生能够接受思想的启迪，一切"苦难"也就算不了什么。

一年过去一半的时光，我极少关注哪一天。我总以年为单位做总结，早上的广播很少对我有启示。

想起那个夏天的夜晚，南河的风是如此凉爽，以至于那个女子会以为是冬天吧。此刻，若有个温暖的人在身边，拥她入怀，那会是怎样的胸膛？

正像你遇到的人、遇到的事，那些温暖的画面总会刻骨铭心，让人在这个夏日里感觉到丝丝清凉，让人在寒冷的冬天感觉到火一样的温暖。

如果有那么个人，在你的身边，你一定能同时感觉到夏日的清凉和冬日的温暖。

网上说，我想送你回家，东南西北都顺路；我想帮你的忙，调兵遣将也得赶来；我愿意替你跑腿，无论风霜雨雪，还是昼夜朝夕。

感恩生命中遇到的朋友、知己和亲人！

愿我们每年都能珍惜光阴，用剩下的时光，来倾情陪伴需要你的人，培育那些需要你的孩子，便不会辜负夏日河风、秋日田野和冬日的白雪。

"520" 的快乐

有人说，低级的快乐，通过放纵就能获得；中级的快乐，通过坚持就能获得；高级的快乐，通过磨炼才能获得。

深以为然。

我们都在辛苦地付出，为的是不留遗憾，不让时间白白流逝。

磨炼使我们看见更美的风景，让我们坚信更加美好的未来，感情的世界，一定能收获更多的感动。

一年一度的 5 月 20 日又到来，低级的快乐仿佛是有人给你送花，有人请你吃饭；更高级一点的快乐是，有人给你买件衣服，带你好好地去游玩一番；最高级的快乐是不是一生一世相爱到老，执子之手，与子偕老呢？

每天，我们其实都是茫然地失去，又茫然地获得，获得生活至高无上的感受，如一朵花的娇艳，似一滴水的明媚。花也会凋谢，水也会蒸发，都是我们所不能决定的自然事物。

我喜欢高级的快乐，静静地度过一些时光，抓住一些光阴的余温，去感知自己正在做的事情，感知生活的美好与欢心。

一晃时间过了好多年，我在自己的世界中沉静，然后沉淀出来一些感受，微笑着说："'520'，快乐！"我也曾那样炽热地爱过啊。

今天是"520"，一组带着美好祝福的数字。"我爱你"是情侣和夫妻之间最真挚的话语。

听一听梁静茹的歌曲《偶阵雨》，有一种幸福与遗憾，却充满安慰的快乐。

爱在"六一"

一

时间过得真快，有时，我会想，等我的孩子慢慢长成少年样，我的心态是不是也像现在这般，把孩子的健康放在第一位，让他有更多的快乐和幸福。

有朋友说，孩子昨天还很小，现在就已长大，好快啊，就十三岁了。每一个人，都曾是儿童，我们都是这么成长过来的。

儿童节的意义也许在于，让我们回忆从前，并思量未来。

每临儿童节，我会想起童年许多美好的回忆，这些回忆总是能够支撑我，让我找到美好人生的支点。

那时遇到的启蒙老师，童年里的每一个玩伴，至今仍刻印在我的脑海：童年悠扬的乐曲飞过高山，自行车穿过风飞快疾驰在乡野，在小溪里玩水嬉戏，还有那些悠然的午休时光……

山野清澈的溪水，山间隐蔽的叮咚泉水、小巧的野花、欢乐的野草，它们是我童年里的光，自然而美好的梦。

二

现在，孩子们已找寻不到我小时候那些细碎的光影。如我和我的孩子一样，我们会做一些不同的事情。

晚上，我和孩子一起做了可乐鸡翅，只有在一些节日时，我才会想起做这道特色菜。

不同的是，今年的儿童节，孩子也在帮忙，我们一起在厨房捣鼓，感觉他成长了不少。通过劳动，他懂得坚持的意义，虽然有时候也会偷个懒，但他坚持阅读，坚持每日学习英语，坚持经常练习数学题，坚持锻炼身体，坚持劳逸结合。孩子有孩子的天性，偷懒在所难免，但整体表现让我们对他充满希望。

坚持，让人看得见希望；坚持，让我们各方面发展得更加完善。

在这个特别的节日里，衷心希望每一个正在成长的大孩子小孩子节日快乐。当然，希望不止这一天快乐！

应该相信，一切坚持的努力，会让所有节日的到来更加美妙。有一天，当我们回忆起来，便倍感幸福！

三

有一天，孩子和我说，他在学校一天一点都不开心。问他为什么，他说因为没有出去玩。

上次下雨的课间，他出去淋雨，当然是为了玩。我知道以后，罚他近日除了上厕所，其他时间只能在教室玩。一来，看他能不能控制住自己；二来，告诉他任何时候玩都要把握一个度，否则可能给自己和他人带来麻烦。

之后，他和我提出来，如果能出去散散步，那他会非常开心。我当然得提条件：不能买玩具，可以买吃的。近日发现他太贪玩，加上学习紧张，我和孩子爸决定禁止他玩一些玩具。他答应了，我们才出门去。

回来后，作业写得还不错，字迹也比较工整。这是我近日对他一个比较严格的要求。我发现自己严格要求以后，他更会注意自己的书写。

带他出去玩，他更开心了。乐观的孩子总是很容易满足，他后来做完了作业，便自己念书给我听，讲故事，看作文书等。

有个爱看书的孩子，能够让自己和他随时平静下来，无论如何，我告诉自己还是要多点耐心，大的方向要把握好，安抚好孩子的心理和情绪才是最重要的。

王尔德说："生活并不复杂，复杂的是我们人自己。生活是单纯的，单纯的才是正确的。"

孩子的世界就是如此简单，即使大人有些错误，他也能很好地去理解，去释怀，去谅解。

愿大人也能如此宽容地对待自己的孩子，给他们多一些耐心，多一些陪伴，少一些责备和批评。当然，学无止境，我们还应该多学习，多关注和关心孩子的成长，做他的心灵导师。

那条广告词的魅力

5月20日，是被赋予特殊含义的一天。

这个日子，我把它当作一般的日子来过。人生由无数个平常的日子组成，纵然有惊喜，那也好；无惊喜，也正常。

翻开朋友圈，发现很多秀恩爱的，我对这些一般不太感冒。日子过得好不好，不是别人看起来的样子，而是自己心里的感觉。

人也许就是这样，看了朋友圈，看着大家发的各种秀，就算夫妻两人的日子过久了，难免也想要那种被珍视的感觉。这大概是女人特有的情怀吧。

不过，都说，女性直接要礼物，直接要红包，那得多没有情怀。我也是这么想的。朋友圈晒的内容各不相同。

带娃的朋友是这样发朋友圈的："5天学校教育，2天家庭教育，0距离陪伴孩子成长。爱孩子最好的方式是无条件，但有原则！晚安，愿各位天天520。"

希望每天都开心的朋友："周杰伦的晴天，莫文蔚的阴天，孙燕姿的雨天，都不如和我们在一起的每一天。"

加班的朋友说："民间传说今天的日期含义不一般。遍地狗粮的朋友圈，没有人能想到我深夜还在加班。"

直接秀恩爱的朋友说："生活因为有你，每天都值得期待，Good night！"

做广告的朋友说："今天是520？好像跟我没什么关系，如果你要给

174

孩子报夏令营，我们就有关系了！"

晒送东西的朋友，晒友情的朋友，无一例外都是红包加几张相片，发的红包，有 5.2 元的，有 52 元的，也有 520 元的，照片有一起吃饭的，一起聚会的等。

晒娃的朋友说："生活需要仪式感，520，以前从来没有感觉过，准备睡觉了，一个深情的拥抱，来句'妈妈，我爱你'，足以让我今晚好梦。"

写得比较全面的朋友，当 520 是过年了，说："属于 520 的小幸福，有同事，有爱人，生活很有仪式感！"

还有一些朋友发的朋友圈很有特色：

"看来可以多练练普通话，朝主持方向发展发展，努力做个全面型人民教师，这样才能更加融入人才济济的百年一小，别样的 520……"

"今天狂风暴雨打雷闪电，请各位不要惊慌，因为进入 520 状态，发誓的人太多……不断雷劈，纯属正常现象！巧合吗？差不多每年如此，看看近十年的统计！"

"520，遇见你们是一种幸运！"

"我家的古板男，这形式还是很喜欢！"

"老师的 520 是什么？5 是教学五认真：备课、上课、改作、辅导、考试；2 是两头加班：早自习、晚自习；0 是我们就是奉献。"

"有人宠你，是惊喜，自己宠自己，是能力。愿你既有能力，也有惊喜——祝大家 520 快乐！"

5 月 20 日，朋友们发的朋友圈精彩纷呈，但是好遗憾，没有找到想找的内容。

忽然，一条朋友圈，感觉写得真不错，还配有一条裙子，我超级喜欢。那条朋友圈是这样写的："恋爱里最打动人心的，从来不是对方送了什么礼物，而是那种下意识的惦记。"

字数不多，却觉得文雅，也觉用心。这话，我改编了一下，发给了老公。哇，5200 元，他竟然发红包给我。

这么多年，这是他第一次发红包给我。情人节，他也送过花。不过这次，我觉得他真是太自觉了。

看来文字的魅力还是很大的呢！

不是我一定要得到一个礼物，只是有时，从心底发出的声音比任何礼物都珍贵。设想下，不是 5200 元，而是 520 元、52 元，我也一样开心。

文字的魅力是无穷的，所以，我常对女人们说，多读书吧，多写作吧。读书写字，能让自己更幸运，能让自己更独特，能让自己朝着理想的方向前进。

母亲的节日

时光过得很快，我已为人母七八年。每年母亲节，我最先想到的不是自己的节日，而是我妈妈和婆婆的节日。

感恩她们的伟大，是她们无私的爱成就我今日的岁月静好、无忧无虑。

有婆婆在的母亲节，我会买些好吃的跟家里人一起分享，或买件衣服送给她，或给她钱，让她自己去选择喜欢的东西，平日里我能帮忙的，也会多帮她。

我知道她能帮我带孩子已很好，这样，我们才能安心地上班去。

母亲节到来之前，我忙得不知道东西南北，弟弟给我发微信："有没有回去见爸妈？"我才意识到，原来快母亲节了。

当我翻阅朋友圈才发现，这是一个特别重要的日子。

我忙回复："近日忙东忙西，昨天还喉咙痛，未打算回去。"

母亲节，虽说是一个节日，但也不只是这一天才能体现温情，如果问我为什么待在家乡工作，其实就是舍不得母亲，舍不得离开她啊！

然而，在朋友圈里看到别人送给妈妈礼物时，觉得自己还是应该做点什么。

母亲老了，眼睛看不太清楚，微信也玩不来。跟她说这个节日，其实意义不大，我还不如打电话问候她。

想起来，已有一星期没打电话联系她了，有时匆忙接到母亲电话，只说两三句，就去忙工作的事情了。

打电话其实就是随便聊，问问在忙什么、天气情况、最近心情等，我的一些新鲜事之类。末了，我有时真不知说啥了，就说："妈你想吃什么，我下星期带回来。"

她说："不用，你不是花了一笔大的，省省吧。"我沉默着。平日每次也会买点东西回去，今天是个节日，母亲也压根儿不知道有这节日，我自己看着买了些好吃的给母亲送回去。

母亲对我的爱，我这辈子是报答不完的。每每想到，回去时母亲还舍不得让我洗碗，生怕弄脏我的衣服，心里就一阵感动和酸楚。每每看见她因我们的到来而忙得不亦乐乎时，我便会心疼："妈，您别忙活了，坐着聊聊天儿。"她竟说："我坐着打瞌睡，还不如活动活动。"我是不愿意她这样忙碌的，但她心里开心，似乎比我的担心更重要。

我给母亲买了双布鞋，颜色和样式都是她平日里喜欢的。我打算以后尽量多去看望她，和她说说话，和她谈谈心。在我心里，陪伴是送给母亲最好的礼物。

在家里陪伴孩子时，我和他说："儿子，今天是母亲节！"儿子马上说："啊，是哟，我都差点儿忘记了，我没给你准备礼物呢！"

我说："现在还来得及。"开始他想做手工，后来发现时间不够，只有半个小时就到睡觉的时间了。他就说画画好。我进了自己房间，等他的惊喜。

作为母亲，就和我的母亲一样，我不管孩子画什么，我都会很满意，只因他有一颗爱我的心。

小满说完美

"晴日暖风生麦气，绿阴幽草胜花时。"今日小满。小满，小满，生活有时其实并不完美。每一个成年人，都有自己的困惑与思考。然而，在不完美的世界里，我们应坚持做自己心中想要做的事情。

赶着上班下班的日子，我们会觉得匆忙；在教育孩子的路上，我们有时会迷惑；在安静的日子里，我们或许会无所适从。

有时，我们会觉得生活糟糕与无奈。围城之内的生活，我们觉得不好；围城之外的生活，我们太想去追求。

静心想想，谁的青春，没有过灿烂，谁的日子里，没有过辉煌。适应改变，是我们应有的最佳状态。

在一次次陪伴孩子的过程中，我们懂得了仁爱与坚强。在一次又一次的回忆中，我们变得更加完美。

那些让人不太满意的瞬间，或许都成了别人满意的时刻。做自己就是最好。

没有人能够事事都完美，也就不要如此去要求每个人。生活总会有不完美，有泪水、怨恨；不完美的生活其实是完美的，因为它让我们泪中带笑，在悔恨中顿悟。

有个人说："隔着眼泪看世界，整个世界都在哭。"

我们应该微笑面对生活，至少心中充满阳光。只要我们的心是完美的，世界便是完美的。我们如若能修炼出一颗热爱世界的心，我们的生活便是完美的。

生活本身不完美，正是残缺使我们的生活跌宕起伏，充满意趣。人生是一条宁静而悠远的河流，没有风浪，没有落差，没有礁石，便没有那美丽的浪花和滚滚的涛声。

　　残缺的人生更加耐人寻味，如维纳斯断了的手臂，永远给人残缺的美好。

　　在小满的世界，让我们接受不完美的自己。孤独时，与书籍相伴；寂寞时，与知己长谈。学会面对生活，学会和这个世界和解。看得惯缺憾，是一种历练，一种豁达，是成长，是人生的一种境界！

　　"金无足赤，人无完人。"我们不是完美的人，但在人生的道路上，我们要有一颗追求完美的心，用完美的心态去享受、去体味。人生的缺憾如月亮般不总是盈满，却从不影响我们在它完美时对它的欣赏与追求。

　　人生是一段一段的旋律，悲欢离合是不同的音符，我们在波折中完成生命的使命。我们一直向前、一直进步，无论春夏秋冬，无论花开花谢，剪辑出一幕幕让人感动的微电影！

一个美丽的地方

有一天，我去了一个很远的地方。那里山路弯弯，驱车过去至少两小时。

距离目的地还有二十分钟路程时，道路变得很窄小，刚好够面包车大小的车辆驶过。山上的空气很好，高山顶还有些人家，我很震惊。我要到达的人家在更高的那个山窝窝处，柏油马路应该是近些年才铺的，在这的居所仿佛被山包围在一个隐蔽之处。

走到门口不远的小路上，有三丛金黄色的菊花在笑脸相迎。菊的枝干很高，墨绿无比。金色的花瓣，在清晨的阳光下格外喜人。遥远旅途的疲惫瞬间褪去。

喝过茶，得空到附近走走。远望山下层层叠叠的绿，刚收割完的稻田，铺着一层清秋的色彩，泉水淙淙流进附近的田地。一大片深深浅浅的绿中，层峦叠嶂，一切富有生机与活力。

接近山顶的房屋，娴静地坐落着，门匾是那旧时的模样。踏进房门，顿觉清凉如许，给人自然、舒适的闲情。

门前的台阶，是清浅时光里古老的木桩，亲切而自然的情感沉入我心间。瓦盖的四合院，宽敞无比，中间过道有清风徐徐而来。厅子和房间都盈溢一层清凉的淡定之感。

我仿佛见到一位隐居在山中多日不见的故人，对这房屋有种莫名的情愫，大概是追忆或怀远。

在我的童年时光，曾住过的屋子如这老屋，只是，我们家的老屋早已不在。真不敢相信，我还能亲眼见着这么亲切的老屋，宛若在梦中。

房屋后侧有一丛丛灌木林，有水流声经过，随着风的吹响，有一曲天籁之声在我耳旁飘荡。

房屋门前有一丛很浓密的翠竹，因浓密至极，叶子仿佛相伴相生在一起，在互相照应下长成。竹叶在下边瓦房的屋顶上拖着，阳光映衬着，配着那灰色的瓦，竹叶显得更有生气，在清风中摇曳着它们的小脚丫。

门前的篱笆处、竹林边，似有紫色蝶翅在舞。仔细凑过去一瞧，才发觉，矮枝上缠着的是一丛扁豆，再过去，还有一丛，密密麻麻的叶子，子孙满堂似的。这里的扁豆比我以前见过的都大，胖娃娃似的跳跃在枝叶上。最可爱的，是那扁豆花，它们一串串，有的全开，有的半开，同时生长。大大小小，像漂亮姊妹一同排排坐，数着叶子的数量，一副岁月静好、一往情深的模样。

我站在篱笆处，望向那一丛丛绽开的菊，抬头望着空旷的蓝色天空，远处的一切，仿佛有着"悠然见南山"的意境。

不枉此行，这地方真美好！

伴着愉悦的心情，我回到了家里。夜晚带着这份美好，甜甜地进入了梦乡。

重阳节里话晚年

不知不觉，一年一度的重阳节又来了。

今日又重阳，久久岁月长。想起很熟悉的一句诗："遍插茱萸少一人"。

九月初九——重阳节，寓意为思念亲人、尊老、敬老、爱老，祝老年人健康长寿。

晚上，儿子帮奶奶捶捶背、揉揉肩，他还帮忙洗了碗。我打了电话给母亲，祝她寿比南山，永远健康快乐。

我对婆婆也一样，希望她永远健康。"家有一老，如有一宝。"我们现在因为有她，生活才过得如此幸福和开心，真心地祝福她永远开心快乐，健康生活每一天！

很自然地，我也想到了自己的晚年。当晚年来临，我是否还能像现在一样健康？只要坚持锻炼，每天正常地休息，我定会很快乐。老年时，应该有不一样的乐趣吧。

我是否还会读书写字呢？我想会的。我还是会认真地看书、沉思、写文，让自己的生活过得更有诗意，让日子过得更惬意。

当我晚年时，忆起现在的生活，我应是感激的，是不后悔的。

在这重要的节日里，我给予了自己期望。对于学生和自己孩子的要求是，在家要尊敬老人，为老人或父母做自己力所能及的好事，让别人因自己的爱而感到温暖。

生活中有一些骗子，对老年人下毒手，欺骗他们，让他们买虚假保健品，在旅游时给老年人推销不正当的理财产品……呼吁全世界的人尊敬老人、爱戴老人，每个年轻人应善待他们。

晚年的生活也可以丰富多彩，可以和老伴一起去旅游，一起看祖国的大好河山；可以到乡下种花种草，让自己的园子充满生机，小园子变得花红柳绿，充满诗情画意；可以一起去看日出日落，停下匆忙的脚步，感受世间的美好。

当然，老年时，不给别人添乱，也是很重要的。要重视和孩子之间的交流，孩子们的关爱可以让自己的晚年更加幸福。以过来人的经验，给孩子适当的建议。

现在的我，只感觉每天过得太匆忙。今天看见一种很美的花，花的颜色是热情的火红色，花心是白色的，匆匆经过好几次，可我依然没能好好地去欣赏它一番。时间流逝得太快，有时，我需和时间赛跑。

等我老了时，我定会花许多时间去看一朵花的开放，直至它闭合或凋谢。

走廊上的蓝星花又开了一天新花，蓝色的花瓣仿佛比昨天更大、更娇艳一些。

事物在匆忙中变化，让我感受到此时的美好。

只要我们每个人怀揣平和的心态，不管年龄几何，我们都一样可以活出自己的精彩。

儿时端午节

在我的记忆中，小时候的节日，每一个都丰富多彩。不过，让我记忆最为深刻的当数端午节了。

"仲夏端午，烹鹜角黍。"端午节是我们汉族人民传统的节日之一，打小住在江南的我，知晓这一天必不可少的活动有吃粽子、赛龙舟和挂菖蒲。

儿时生活条件有限，农家人只在过年过节，才能吃上美味。端午节的粽子，是我一直爱吃的美食。

在端午节的头一两天，母亲便泡上了糯米。端午节那天，把粽叶摘好，放到水里漂着。母亲把浸泡好的米控水，用盆装好，放到桌上，一勺一勺地舀到粽叶里。母亲做的粽子，不包裹其他东西，方便蒸好以后蘸糖或蘸酱油辣椒、菜肴吃。

简单，也迎合了一大家人的口味。父亲爱吃甜，我们姊妹中有人喜欢吃甜的，有人喜欢吃咸的。包好的粽子拿起来在鼻子边闻一闻，便觉粽叶香香，有夏天的葱郁味道。

我们也经常和母亲一起包粽子，总也没有母亲包得好、包得牢固。包粽子最后一道工序很重要，要用麻绳捆扎好，这样才能防止糯米漏出来。

包好后，母亲放在早已放好蒸屉的有炉火的锅里蒸。随着柴火的燃烧，锅里的粽子开始慢慢冒出热气，香味弥漫整个屋子。

闻到香甜的气息，我们会到灶头来，露出期待的眼神，嘴馋得不行。

粽子蒸熟后，母亲把整个蒸屉拿起，放到客厅，她双手就着冷水，麻利地把热乎乎的粽子放到一个大盆子里，然后，又迅速地把刚刚包好的另一锅粽子拿去厨房蒸。

母亲包裹的粽子，蒸过后个个都是金黄的，小巧可爱。我最喜欢就着白砂糖吃上几个，香甜可口。热乎乎的粽子在清晨吃，凉了些的在中午吃，下午放学回来也能吃上一两个，快乐溢满一整天。

母亲还会采摘些菖蒲挂在门上，我问母亲，这是做什么用的，母亲说，为了驱邪。那时觉得菖蒲挂在门前、窗户上，是一道很好的风景，仿佛把夏天搬到了家门口，让这个节日充满诗意和活力。

每到端午节假期，城里有龙舟比赛。母亲每次都会带我们姊妹们去城里，去看赛龙舟。

城里的江比我们乡野的小溪大好几倍，我们都很期待。河道两旁呐喊的声音，是美妙的；人山人海的热闹，让我们欢喜。

儿时端午节，没现在过节那样大鱼大肉，过得朴素单纯。

想念儿时的端午节，想念母亲包粽子、挂菖蒲，想念她带我们去看赛龙舟，那些喜悦一去不复返了。

又闻桂花香

今年的凉意来得有些晚，重阳过去以后，桂花才开出来，散发着幽香。今年的桂花格外香甜，也许是因为开的时间较晚，心里愈是想念了吧；也许是秋天仿佛消失了，直接进入冰凉的冬季，兀地，让人觉得有些不习惯。在凉凉的寒风里，闻到一阵桂花香，多么熟悉，仿佛一位多年不见的朋友，我们又见面了，有说不完的话语，道不完的事。

前几天，我病了，看完医生，在医院门前的一个空地上停住脚步，有凛冽的风吹着我的脸庞，我顿觉寒冷。突然，一阵清香扑鼻而来，让人神清气爽。感冒似乎一下子好了。

我沉浸在那香味中，陶醉得久久不愿离去。我深深吸了一口气，香味依然似去年花开。仰头看那桂花树上，一个个金黄色米粒一样的花瓣，仿佛是桂花的眼睛。如果说桂花枝干是桂花身体的话，那么花瓣便是它的明眸，那香味无疑便是桂花之灵魂了。

美丽而朴素的桂花，那米粒的金光曾在阳光下熠熠生辉，像秋天金黄的稻穗，充满激情和活力。在凉爽的早晨，桂花带着露珠的晶莹，温柔着每一个散步人的心房。

在这样的思绪里，脑中回忆着李清照的词句："暗淡轻黄体性柔，情疏迹远只香留。何须浅碧深红色，自是花中第一流。"是的，"梅定妒，菊应羞"。

一瓣一瓣的金黄，像一个个小小的风铃，风一吹，花朵随着枝叶轻轻晃动，仿若一阵悦耳的声音回响在你的耳旁。

假日出游时，曾在一户人家的家门口，看到过一棵古老的桂花树，树形非常漂亮。一男子坐在树下喝茶，桂花落下的时候，闪着金黄色的光芒，那一刻，我觉得他不仅仅是在喝茶，更是在享受假日的快乐，享受乡间特有的格调。

有一年的秋天，去乡间参加一对新人的婚礼。院子很大，红地毯、红爆竹，新娘新郎红色的礼服，成为一道亮丽景色，这室外的婚礼现场，丝毫不逊色于城里大酒店。我们坐在外面的空地上吃酒席，阳光轻轻地洒落下来，照着那桂花树，影子就投射在那圆圆的桌子上，那果子、食物，仿佛都有了别样的光芒。一壶绿茶倒出来，在玻璃杯中成了一种艳丽的黄色。突然一阵风，桂花树摇曳，落下一些花瓣，不偏不倚，正好落入杯中。桂花的香，瞬间化为我杯中的甜，端起茶杯，喝着这现泡的桂花茶，仿佛进入人间仙境一般。而后，我作了一首小诗，赠予新人，有桂花的婚礼，真是美如画。

俊俏新郎，美丽新娘，还有他们的爸妈在那桂花树下，朗朗笑声，深深祝福，充满幸福的味道。在那一刻，桂花飘香是整个婚礼中最为别致的存在。

办公室门前也种着四五棵桂花树。犹记得我初到这所学校时，植被全无，几年下来，有鸟儿经常出入校园，桂花树越长越大。现在办公室门前和教室前的桂花一直散发着馥郁的芬芳。清晨经过，芳香迷人；中午经过，芳香扑鼻；晚上经过，也散发着让人愉悦的清香。

这幽香，让我感觉整个深秋的冷清消失了；工作中的苦恼，仿佛没有了。

近日，我看见桂花树上的麻雀多了起来，偶尔还停留在楼梯上的小窗户前。

有一次，我上台阶时，看到一只可爱的麻雀正在闲走，可爱极了。有时，我在上课的时候，麻雀也会凑到门口来旁听，它们仿佛都不怕我们似的，知道我们只关心课堂内容。也许是熟悉这花的芳香，在午休时分，麻雀常常在周围唱歌或者呼唤它的伙伴。

深秋又闻桂花香，我在教室上着课时，在监考时，从走廊上经过时，散步时，在人流中穿行时，深深地被它的芳香迷住。

它在我的心里，化为凛冽的寒风中最深情的感动。

第六辑　流年之思索

当我老了以后

　　不知道从什么时候开始，觉得文字是自我疗愈的好方式，在文字的世界里，可以尽情地哭，开怀地笑，深沉的思想需要文字来表达。

　　当一天渐渐过去，天空的黑幕开始铺下来，客厅的阴影比外面的灰更加浓厚地沉下来，逐渐罩上了苍苍的暮色。我知道，离夜晚已经又不远了。而这许久的下午，又即将过去，成为一个回忆。

　　此时，我的眼睛因对着电脑、手机太久，已微微有些酸涩，像这笼罩的黑幕一样有些疲倦。我被包裹在这浓浓的暮色四合之中，想躺到床上去闭眼一刻，然而，我踌躇了，似乎对白日还保有丝丝的留恋。

　　走到客厅，望下窗外，远处人家阳台上火红的三角梅格外引人注意。我只瞧了一眼，却被它们摇曳在窗台外的身姿所吸引。突然觉得，当夜幕降临的时刻，我亦不曾有遗憾。正如这艳丽的三角梅，我还是在微微光亮中寻着了它。

　　突然想起来有那么一天，家里就我一人，特别安静，静得叫人生出些许担心。这感觉让我想起小时候的午后，纯真的儿童玩累了，便去阴凉的房间休息。睡至下午五点光景，大概就像现在这样的夕暮时刻醒来，虽然木窗户透着一丝光亮，房里周围却是黑乎乎的，叫人生怕。于是，我赶紧起身从蚊帐中摸黑爬到床边，跳到地上。出门去厨房，寻到母亲的身影，这才心安。

　　诧异生出这害怕的感觉，我想我定是累了。放一首轻音乐，舒缓自己的心灵。跟着《雨的印记》，淡淡的优美曲调，点点的愁绪，我突然想到：当我老了以后……

　　我一边慢慢地咀嚼着饭，一边寻思着：当我老了，会怎样呢？还是和现在一样吧，喜欢吃素食，吃水蒸的鸡蛋，一日三餐，一粥一饭。夏天切些自己种的生姜拌饭，冬日里煮上一小锅白萝卜汤，小口小口地慢慢品尝。在时光里放一首喜欢的歌，静静欣赏。

　　当我老了，或许没人陪伴在我身旁，那我一个人生活也会一样安详。累了，我会在沙发上伸展还算挺拔的身体休憩一会儿，然后进入梦乡，梦里见到那个美好而又匆忙的岁月年华。

　　当我老了，我也许也会像这黄昏一般，慢慢地退出闪耀光芒的世界，缓缓地从人群中脱离出来，好好地安抚一番自己的心。也许我还会从事教育的研究工作，也许我还会在一页书中醉意绵绵，也许我还会像青春年少时那样泪流满面或者笑意浓浓……

学会放轻松

一

有时，我们会觉得生活失去了原有的欢乐；有时，我们觉得养育子女很辛苦；有时，我们甚至怀疑自己的努力。

如果你成功过，便会更加珍惜努力的过程，在努力中摸索出一条属于自己的路。如果你一直坚持努力，成功会在你前方，我们只要稍微耐心等待即可。

罗曼·罗兰曾说，任何努力都决不会落空，或许多年杳无音讯，但有一天你却突然会发现，你的思想已经有了影响。

突然发现，我们的思想已经有了影响后，我们便能享受最美的幸福时光。我们不知成功哪天能到来，但内心存着这样的希望，不也是人生的一种乐趣吗？

二

星期六的早上，
可以睡懒觉，
我却早早醒来了。
刷完牙，洗完脸，

回去床上躺着。

不管什么梦想，
不管什么书还没看完，
不管还有什么要紧事，
我要躺会儿，再躺会儿。

在凉爽的初夏，
刚过完小满，
伸长懒腰，
用毛毯遮住脸庞，
舒服地，再次闭上双眼。

紧紧揽着柔软的枕头，
毛茸茸的毯子，多舒服的面料，
用侧脸紧贴它身上的绒毛，
感受它的温柔。

曾经温暖时刻，
回忆美好时光，
安然地，再睡上一觉。

直到孩子都已起来，
直到婆婆叫我起来吃早饭。

三

　　时间温婉而过，有人悲伤，有人快乐；有人难过，有人幸福。其实，我们也都认真而平和地面对过生活的一切，那是属于我们最珍贵的记忆。

　　常对自己说："放轻松。"你会发现另一个美好而真实的世界，这种美好，有时存在于孩子的心中，有时存在于朋友间的问候，兴许也会存于另一个时空。

　　期待写出令自己感动的作品，雨中的漫步兴许是比较温柔的兴致，突如其来的忙碌会打破常规的宁静，感动的回忆会从心底流出。

　　只要有个梦，我们就可以慢慢追；只要有个人愿意慢慢等你，便有一种完美的知足。花开盛夏，抵达浪漫深秋的绚烂。

向阳而生

一株向日葵和五枝乒乓菊

朋友告诉我，向日葵是能够水养很久的花，而乒乓菊是一种纯色的、无杂质的、几乎簇拥在一起的淡黄色的花，它们紧紧地包裹在一起，就像稍大一些的乒乓球。这两种花儿，搭配在一起和谐而热情。

于是，我在家门口的花舍定了一黄色系列花束：五枝乒乓菊和一株向日葵。

向日葵搭配在五朵乒乓菊的中间，乒乓菊映衬着向日葵更深的颜色。向日葵张开的花瓣向上仰着，充满生机和活力；而乒乓菊的颜色，似乎给向日葵的周围镀上了一圈光芒，似晨光散发的金光，也似夕阳的点点光辉。

在一个阴雨天的清晨，坐在客厅欣赏着灿烂的颜色，似有一种激情的喜悦萦绕心头。

伴着春天的风，依然还有些寒意料峭，还有一些让人烦心的事情。但是，看见了那一丛金黄和深黄、生活的柴米油盐、生命的点滴进步，这些都让人觉得要在这生活的海洋里翻滚起美丽的浪花来。

是的，这些金黄的向日葵和充满运动色彩的乒乓菊告诉我：人应该向美而生，向阳而奔。

奔跑的落日

有一次去远行回程时，见落日渐渐西下。

我坐在大巴车上，看着那圆圆的、像鸡蛋黄一样的夕阳，在山的那边沉下，它金色的光芒让我沉醉。

落日缓缓地沉下，慢慢地消失不见，突然又出现在人们的视野。车子在高速路上快速地行驶着，落日越过高山，跳过树枝，在我的视线中奔跑。

那样可爱的落日，许久未见，我像个小女孩一样兴奋。落日似一个调皮的男孩在追逐着，他越过高山，在田野里追寻，他爬到树枝上，又跳落到河水中。落日畅快地行进着，充满勃勃生机。

谁说"夕阳无限好，只是近黄昏"，夕阳在此刻就是和谐的，有孩童的可爱，有孩童的热情呢！

那一刻，感觉自己就是那落日，跳跃着和高山流水接触，隐没又出现在山顶，自由而轻快地向着美好的事物出发。

每个人的幸福

当今社会，每个人对幸福的定义不同。

有人选择单身，他们觉得单身幸福，无忧无虑，自由自在；有人要有一个人陪着终老，认为这才是生活该有的样子，他或她才觉得生命完整；还有人看破红尘，选择其他自己认为好的方式进行生活……

每一种生活方式，也许都有它存在的理由，只是很多人没有那么包容的心，或者说，很多人还是在自己的思想观念里理解别人的事情，故存在很大分歧。

那天和一个朋友聊天儿，说不能理解为什么很多名人都不生孩子，他们要事业有事业，要金钱有金钱。我说："其实我能理解，大多数名人，包括世界上的科学家们，很多都是单身或者丁克。"

那些名人不一定是觉得孩子会影响他们的生活，可以肯定的是，他们早已知晓，养育一个孩子要花费很多精力和时间，与其不能陪伴孩子成长，不如不生孩子，以示对孩子、对他人的尊重。

子女给自己带来各种影响，很多名人大概会从负面的例子中吸取教训。

我认为，女人有了孩子后，真的会影响其各方面的发展。就时间这块，你能拥有的属于自己的非常有限，能够挤出来时间学习的女子，必须花费比其他人更多的精力，甚至以牺牲健康为代价。这当然是因为母亲们大多分担更多的责任在家庭上面，男人大部分不受此羁绊。

任何一种生活，我想都有它存在的理由，既然结婚是一种幸福，离婚是一种幸福，那么选择单身或者丁克生活，也是一种幸福。只要每一个人在通往自己认为幸福的路上，旁人就大可不必指手画脚。

三毛说，人的环境和追求并不只有那么一条狭路，怎么活，都是一场人生，不该在这件事上谈成败、论英雄。

人生，有所得必会有所失，在追求幸福的路上，关键是我们最在乎什么。

请不要忘记那些执灯的人

读泰戈尔的《飞鸟集》，感受到诗的魅力，仿佛在和一位哲学家、美学家对话，让我对生活有了更深刻的认识，如涓涓细流般，在夏日里给我清凉；如循循善诱的老者，帮我抚平生活中所受的伤。

在《飞鸟集》中，自然的美好、生活的感悟，一切显得那么真切，给人以美的享受，给人以哲理的思考。中英文双语结合，富有纯语言的魅力，感受到了郑振铎作为翻译家语言功底之深厚。

哲理的意义在于辩证看待问题，"神对人说道，我医治你所以伤害你，爱你所以惩罚你"。

在泰戈尔的笔下，自然界的绿草和花朵等一切事物都是有生命的、有语言的，恰当的比喻给人无穷思索，带给人无穷的力量，"谢谢火焰给你光明，但是不要忘记那执灯的人，他是坚忍地站在黑暗当中呢"。

读完此书，我明白了生活的真谛，我更了解了孩子的世界。不仅如此，我还体味到了世间的百种情感。

是了，请不要忘记那些为我们执灯的人，是他们在黑暗中默默为我们祝福，默默为我们加油，给予我们无穷力量。在我们想放弃时，在我们还未看见黎明的曙光时，是他们，给了我们笃定的勇气和重振之希冀。

生命的意义

一

思虑有些过多，也许是工作和生活让自己没有太多自我的空间。有时，我会花费很长的时间来问自己是谁。

其实，生命给了我们不同的角色。我常常在夜深人静的时候问自己：我是谁，要到哪里去，为了什么而活着？这是不是自己的最终目标？

也许，人生的意义在于活在当下，让当下的自己觉得富足，不留遗憾吧。或许，是为了当下自己的一粥一饭吧？很多人的生活都是一箪食，一瓢饮，那精神的世界如何可以丰富？

我觉得，平凡之人，只要过好今天就可以，不用思索太多。而且，人生的意义对于每个人是不一样的，为了让孩子变得优秀，让自己变得优秀，需要很多的时间，我们要给自己足够的空间，让爱始终陪伴自己左右。

人总想实现一些东西，这样或许也是贪欲在作祟。譬如，有些人的爱好是写作，在写作方面已小有成就了，可还会想去提升，如果说这是在追求积极向上，那也是对的。但是不是从中也可以看出，每个人其实都是贪婪的呢？

这些，是我有段时间经常思考的问题，也许在文字的世界，很多人都有不同的看法，当生活中遇到自己觉得更重要的事情时，人还是不能一味地追逐，要考虑自己的实际情况。

愿你心情美丽，岁月依然，珍爱身体，也顾及生活的重点。

人生不要苛求太多，只需要尽力去努力绽放即可，要懂得满足与感恩，才能最终赢得快乐！

二

听多了悲伤的故事，你便会觉得自己其实是有很多幸福的人。牢牢把握现在，少纠结，少留恋，才能大踏步地往前走。

愿每一天安好，不辜负每一天的时光，努力前行。记得一位名人说，每个人应该写自己擅长的领域，然后去深耕，去探索，这样才能找到一条适合自己的路。愿你找到适合自己的领域，去耕耘，相信定会有收获。

写作于我，是一种自我提高的方式，相信多输入，会带来更好的输出。只是这个过程可能比较久，然而，我依然坚信积累的力量。

读书写字会让人的心境变得平和很多，看待事情的角度会不一样，收获甚多。

人要知足，也要不知足，方能成就自己，感恩他人。让我们以一颗期待远方的心来迎接美好的将来。

不要在乎那些没有意义的事情，不要在意那些细枝末节，不要在意那些生活的不堪，让自己懂得生活的真善美，让自己永保对生活的期许，拥有生命的力量。

三

想为生命留白，静静地思索生活的目标，静静地思考生命真正的意义。

想为自己的时间留白，安静地睡上几天，不用思考，没有目标，无关风月。

生活让我觉得困倦，也让人觉得麻木，仿佛处在一个喧嚣的世界中，只想一个人安静安静。

那些成长的压力，生活的重任，让你觉得现在有些无力。在心里问自己：生活的追逐，就不能停一停吗？春雨说，不能。这就是生活；秋雨说，也许可以，内心深处真正想追求的东西，是没有人可以把你从那个方向拉回的。

兴许生活充实便是好。生活的意义，就是那一夜的雨。生活的真谛，是这一个秋季的枫叶红。

让自己从自然里、文字中吸取力量吧，它们会赐予我无穷的力量。

时光荏苒

假期闲来无事，在家里整理书籍等物品。突然，一沓信纸里，红色和黑色的一丛映入眼帘，那是一些自己曾做过的笔记，有喜欢的小诗，摘抄了一行又一行，字迹工整；有那么一些养生之道的知识，写得密密麻麻一片；有一篇心理治愈的文章，被我工整地摘抄于其中。

它们像我的老朋友一样，即使我已忘却，当它们以这样的形式出现在我眼前时，我还是一眼就能认出来。它们是我曾经的伙伴，曾经治愈过我心灵的知己。

孩子刚满两周岁时，我让他涂鸦，在纸上画些图形，我则在那稿子上写了些自己的心情感悟，看那摘抄的笔记，我发觉自己喜欢和孩子一起度过他这无忧无虑的童年。当然，婚后的生活，也多少有过一些迷茫。

我和母亲说，她叫我坚强，过几年自然就好了；我和父亲说，父亲说，已嫁人，就别太矫情了，生活的苦，你要咽下去。

我强忍泪水，可多少次在夜里，眼泪如决堤的水奔流不息。拿着手机，写下自己的点滴悲伤与痛苦，以此来开导自己。

看着可爱的孩子，在夜里安睡，静静听着他均匀的呼吸，我知道，是我给予他生命，要对他负责，对孩子做到尽力，这是我的责任，也是我的义务。

有那么几年，我感到轻微的抑郁，感觉丈夫不再爱我，感觉自己有些唠叨。

我不明白自己为什么突然性情大变，也不明白生育孩子对一个女人来说如此沉重。时光荏苒，还来不及和朋友诉说，自己却已在书中找寻到了答案。

孩子小的时候，他被我照顾得很好。看着他的一颦一笑，便觉无比心安。

后来，当朋友和我说生孩子以后很压抑时，我特别能理解，也会给她一些建议，如多阅读，多提升自己。带好孩子，你还是你。从容面对生活的苦，你想要的一切，都会回来。

光阴不会再现，在前行的道路上有很多风浪，无论是谁，都不能保证一直风平浪静。心里无边的海，终需自己去启航。那时，我们不再惧怕。

2015年的那些时日，忘带笔记本时的会议记录，摘抄的网络诗、句子、文章或书本的一些道理、感悟、心得，印着些许孩子的涂鸦、我的涂画，定是有过笃定与充实、无聊与忧伤，有过快乐与沉静的日子。

时光荏苒，有些人已渐行渐远，这对于我来说，或许无关紧要。感叹时光的短暂和久远，该尽力抓住有限的生命，让它熠熠生辉才好啊！

工作与生活兼顾，朋友与亲人平衡，当是我一直努力的目标与方向。人生长途漫漫，愿你我终不负春天的花、夏季的雨、秋日的风和冬天的暖阳。愿我们都能追求到内心的安宁，向阳而长。

两说

一说奉献

一个人，要有奉献精神，不仅利自己，也利别人。为了让别人更好地生活而付出，是可爱的，是值得敬仰的。而我，有时真想成为这样的人，所以一直奋斗在路上。

盛夏的中午，非常炎热，但可以看到经常运动的人不怕热，因为身体已经出了很多汗；经常做苦力劳动的人，在太阳底下晒很长时间的人，他们会觉得一棵小树的阴影便可缓解他们心里的热气，对于太阳也没那么敏感。

有些时日，我常常中午时分从单位回家里吃饭，吃了饭，回去学校安顿好学生午休，然后再一点二十分回家里来休息或者是陪孩子，两点多送他去学校。大热天的，难免麻烦，但我觉得值得。首先，工作性质决定了自己得始终光顾那个"日新堂"；再则，回家也就八分钟的事情，来回也就十六分钟，再怎么热，也不会热很久。之后，便会觉得只要回到家里或学校，便很清凉。也是在那个时候，我发现太阳虽然滚烫，但天空却是蓝得如此可爱。

没有付出，便没有收获。泰戈尔说："我把小小的礼物留给我所爱的人，大的礼物却留给一切的人。"小小的礼物留给自己热爱的人，才不会觉得生活留有遗憾。这句诗，完美地解释了这一精神，这也是我们人生中一个永恒的话题。

二说孤独

有一日，在旅程中听广播，说孤独是一个人成功的必备条件，一个人学会享受孤独，不在乎大众的眼光，才能活得更加明白和彻底。配合着广播电台男低音深沉的优美的朗读，觉得甚有道理。

作者还举了卢梭、陈景润、巴菲特的例子，引用了三毛、林清玄等多位作家对于孤独的理解和定义。文章有理有据，有人文情怀，也有事实的举例。

泰戈尔说："孤独是一个人的狂欢，狂欢是一群人的孤独。"孤独是人生的一种常态，由此我想到许多作家孤独地去享受不一样的风景，他们会视孤独为一种超然的精神境界。这也许正是写作者更不容易感觉到孤独的原因吧？

《岛上书店》里说，我们读书，因为我们孤单，我们读书，然后就不孤单。愿世间人人都不孤独，能够享受到孤独的美好，不刻意迎合他人，坚定自己的理想和信念！

修身修心

读书和写字，让人心思沉静，让人不再焦虑，如自己与自己对话、和解，在生命的过程中吸收养分。

成年人的世界，似乎难有让自己十分开心的事。但通过写作，可以很好地和自己进行深度交流，让自己明了近日心情，适当地调整自己。

有时在家里看书看累了，或写字写累了时，我就练瑜伽等，做些适合自己的运动，陪孩子玩，有时干脆在床上倒立，让血液循环，这些都是让我放松的方式。

要想让自己的精神世界走得更远，读书和写作是一种很好的方式。以前有段时间，我特别焦虑。当我看到李白、杜甫、苏东坡等诗人曾经的遭遇时，我一下子就领悟到了生活的真谛。

人的一生，有所爱好，日子才不会觉得无聊。有人爱好山水，有人爱好旅行，有人爱好摄影，有人爱好画画，有人热衷研究美食……有爱好的人，能让自己的人生更加有价值。

夏季的天气有时是这样的，热到不能自已，而后下场雨，或大或小，从空中落下来。心情也像那样，时而高涨，时而低落；时而热情，时而平静。我不知道我是在为世界担心，还是在为自己操心。不过，安然最好，规律的作息比其他想要的或许更加重要。

也许每个人都有过生活的梦想，在追逐梦想的过程中，我们常常失去自我，追求自己原本喜爱的，必然要舍弃一些其他的；为了家人，有时就不得不舍弃自己的业余时间；要在某方面有所建树，有时就不得不牺牲健康……

因此，合理安排时间很重要，让身心得到放松和舒展，这样的发展才能持久。正如持久的阅读，比写作更重要。

写作于我，是修身修心。人人都应有自己热爱的事物，在世俗的生活，我们才不会觉得疲惫。

朋友 A，她在生活中常说觉得很无聊。后来，我看她比较爱好写作，介绍她去学习。现在，她的日子不再有爱情的互相猜疑，有的是更美的诗意和远方。

愿我们都能从容地面对生活的现实，修养好身心，让自己在生活中体验更多的美好。

热爱便是生活

生活总是如此，你用心生活，它便会回馈你较为满意的答案。

有一天，我看孩子的征文比赛获得了一等奖，心里很是高兴。我曾指导过他，生活中我和孩子也确实经历过这些事情，孩子才能如此顺利地写出来。

有位诗人曾说，我们热爱世界时，便生活在这个世界。能感受到生活中的美好，是一个人应该有的必备能量。多经历生活的美好，多感悟生活中的美妙与感动，是我们应有的精神养分。

夜晚去小城附近的南湖走走，风清气爽，在湖上的木栈道上，吹吹风，看头顶苍穹上无数闪亮的星星，实在是太美妙。

一大人带着孩子从旁经过，小孩子猛一抬头发现，天空中好多美妙的星星，她不由自主地和大人说："哇，好漂亮的星星啊！"

朋友，你该诧异了。这位家长不是报以同样的感触，而是回复了一句："但是没有月亮！"

这语气，在我这个旁人听来，大煞风景。小孩在研究星星时，她是多么开心和满足，多么享受此刻的美好啊。可是大人，却在关注月亮的缺席。在我们的生活中，是不是大部分的家长都是如此？常常忽略孩子世界的美好，只关注缺席的美好呢？

不必说，小孩子后来再没说话，她也没再看一眼天上的星星。大人的话，给她的只有遗憾：是啊，怎么没有月亮呢？有月亮就不同了。

通过这个小插曲，我在心底感慨，家长是否有欣赏美的心情，会直接传递给孩子。孩子的世界如此美好，我们大人应好好地欣赏孩子所欣赏的一切。唯有这样，我们才不会错过最美的风景。

　　很多时候，我们应该感谢孩子，他们也是我们的人生导师。如果我们够警觉，便会发现，是孩子让我们成为更好的人。生活，你热爱它，它便热爱你呀！

真实的存在

前年夏日，南方时时下雨，天气微凉。好些天，我被炙热天气影响，恨不得将自己理个光头才凉爽。后来，我暗自庆幸没理成光头，头发还是长长的好，不多不少，光滑的发质，仿佛才适合微凉天气。

被窝里的我，刚睡十几分钟，就听得雨敲打窗台发出急促的声响，我无法入睡。想起散开的秀发，在炎热时对它百般嫌弃，不禁觉得实不应该。

雨点敲打着屋外阳台，仿佛催着我记起一些事儿。那时每个周末，几乎都有这样的天气来临，让我有几分惊喜，又有几分无奈。

有一晚，下雨天带儿子入睡，他说："妈妈，我喜欢下雨，听着雨滴落的声音，感觉像是外面敲打着锣鼓，好热闹，好动听啊。"迄今为止，我没有理解这个孩子世界里的热闹。那晚，我百思不得其解，任由他安然入睡；而我，被雨声惊醒，却毫无办法，迟迟不能入睡。

我想，我必须戴上耳机，让声音压低，尽量心念安静舒缓之事慢慢入眠，或用两手指塞住耳孔，一点一点地进入梦乡。我不知自己几点睡着的，我强迫自己不入睡也不能起来，更不能看手机，最多起来喝口白开水……

我知道，这是因为我习惯安静。以前很多次下雨天，不得不让自己去另一住处休息，那里没有雨敲打着窗台或是敲击铁皮的声音。我不喜欢这习惯，也许到了一定年纪，就喜欢安静，很容易被吵醒。我当然不知道，自己是遗传了母亲的喜静，还是因为我那时已然不是二十多岁的我。

好几次，婆婆说："你是不是感冒了？不然，真的想睡觉，是不会被吵醒的。"

我的确感冒了，但真不知是雨声吵着我感冒加重了，还是我感冒了，所以感觉雨声吵着我了。下雨天会让我想起许多往事，有美好的，有刻骨铭心的，也有那无法挽回的痛。

忽地，想起一部电视剧，名叫《白发》。也曾看过另一部电视剧，古装剧，和《白发》雷同。剧情无非是爱情、江山、权力、报仇这些字眼。专情于这种类型的电视剧，让我对人生、对现在的生活有诸多感慨。为什么真爱难寻？为什么爱情可以如此完美？为什么这个时候他就正好出现在她的身边？我当然知道，这是剧本创作。每个人都有一个梦，这或许就是作者的梦想。每一部作品，或多或少都夹杂着作者对人生梦想的追求。真正的人生，世事难料……偶尔想到，也会心酸。

那样完美的人物，写得出来，但真正存在的有几个？我想，在人世间，就算有这样一个完美的人物，难道不是勤学苦练、坚持到底，不是付出了百倍努力换来的吗？

雨天，适合思考，适合与书为伴，适合在偶然间思念亲人，适合岁月沉淀。待我入睡时，也许我怕辜负了这份美好和感怀。情绪的体验不管好与坏，不管快乐与忧伤，都应珍惜。至少，那时的感受真实存在！

今年夏秋，我倒是想念起雨来了，听见许多人说："这天啊，好几个月没有下雨了，干旱得要命！""是啊是啊，庄稼全快枯死了，菜地里，天天都要浇水呢……"我仿佛听见了母亲那长长的叹息声。

八月

　　不知不觉已到八月，假期过半。这过去的时间啊，每天都有事情可做，或忙工作，或忙生活，或忙孩子的事，或忙自己的事。

　　不知是不是现代的生活本身让人更焦虑，还是因为我已变得更珍惜光阴。每天安排得满满的，有时，我还真不喜欢这样的快节奏。

　　夜里两次做噩梦，让我从梦中惊醒，像是被吓坏了，梦境已然忘却了。

　　夏日让人觉得燥热，不想做任何事情，只想静心休养；夏日让人觉得时光流逝得更快，让人想好好抓紧假期时间，多读几本书，多听几场视频讲座。听人谈古论今，多写自我感悟，欣赏佳丽景色。

　　总觉岁月匆匆，这状态让我不知如何应对。于是，大部分时间，我仍会选择紧紧抓住光阴。有时着实无聊，心情忧郁，也找朋友聊聊天、散散步。

　　离开网络，静静休养，我仿佛置身于任何事务之外，所有事情皆与我无关。终究，我们是一个群体。我常思索未来，把接下来应该做的事情规划好。

　　人，是会累的。累了，我就卧着，困了就闭眼，在这一年的光阴里，我已学会随遇而安。这仿佛是一件很自然的事，到了一定年纪的时候，大概会如此，喜欢日子越来越清净，让世界是世界，让我是我。

　　处于这样的心境，我想说："八月，你好，我们又见面了。"

　　有时，也会感觉失落，事情接踵而至，我已无力去面对。放假久了，怠慢和懒惰在滋长。或许，是我太忙于自己的一些琐事了。

下学期上班可能要用的资料，我已全部浏览一遍，对应的练习，统统先做了一遍，听力已听过，课本的知识和结构已了然于心。

在这个假期，我看了几本书。李镇西老师、吴非老师的书籍常引起我的共鸣，培根的随笔让我更理性地看待人生，塞上江南的美景让我想去追寻，育儿的哲理让我更加坚定孩子的潜能。尤克里里的学习，已弹到《阳光总在风雨后》，有那调子，连儿子也跟着我一起唱起来。

简单的事重复做，生活中有意义的事我们也许并不明了，但我们应明白，前进的脚步不能停，只为自己的坚定信念。如此说来，明年，我将给自己定一个更大的目标。

人生实在短暂，好好珍惜当下的每分每秒。如此，该不枉此生！

沉默蕴含语声

泰戈尔说："沉默蕴蓄着语声，正如鸟巢拥围着睡鸟。"

这句话，如果用在教育孩子上的话，我们应该选择沉默地和孩子在一起，静心地听孩子分享他想和大人分享的事情，这是一种语声。一种如同鸟巢围拥着睡鸟的那种温暖的感觉，如爱的拥抱一样自然。

听一个家庭教育指导讲座的课程，是市里的孙老师讲授，课程的名称叫作底线思维——如何让孩子远离手机。讲座里说，如果家长能够坚守自己的底线，孩子玩手机之前，大人规定好时间，交代清楚哪些可以看，哪些绝对不能看，其他征求孩子的意见，那么孩子就不会觉得事事家长做主，他也享有选择的权利。另外，给孩子规定好时间以后，家长只需适当提醒，不要喋喋不休地指责或出现不信任孩子的语气。

孙老师说，家长的焦虑很容易传递给孩子。家长们要知道，学习是一个很漫长的过程，对孩子要有底线，又要有规定加以限制，限制又不应过于严格，应有一定的上下限设定。

通过听孙老师的讲解，我发觉在教育孩子时，需注意沟通的技巧。我们要规范自己的言行，注意行为举止和语气语调。在我们有情绪时，我们不妨读一读泰戈尔的这句诗：沉默蕴蓄着语声，正如鸟巢拥围着睡鸟。

这样，我们也许会释然许多，大人不应要求孩子跟自己在同一个频道上，孩子的思维品质比学习成绩更重要。

以前，经常有人问我，怎么你的孩子不会闹着看电视、看手机？因为我从小告诉他，工具都是给人服务的，我们不能被工具控制，否则就起不到这些工具方便人类的作用。

在孩子很小时，我跟他讲过看电视的时间限制问题，到了时间必须关，电视我们是看不完的，如同现在手机上的短视频一样，我们永远看不完，难道我们要一直看下去吗？没有事情比这更重要的了吗？

如果孩子不能遵守规定，那下次就不能看了，他说话不算数。当然偶尔也有几分钟就能看完一集动画片的情况，我会允许他看完最后一点。

由此养成习惯，孩子每周末到点都能自觉关闭电视，我的手机给他用，一般是读英语、看古诗解释视频等。

直到现在，孩子在家里也不会看很久的电视。节假日时，我和孩子会一起拟定假期的规划，规划好时间后，他能够完成规定的任务，还能好好地玩耍，并能进行适当的体育锻炼。

每个孩子都或多或少有令家长不太满意的地方，作为家长，以平和的心态去面对，不把焦虑传递给孩子，便是最好的陪伴。何况，大人也有很多自己都不能改变的缺点，我们需要和孩子一起共同成长。

每次要求孩子干什么时，大人如果能够和他们说清楚，做完什么事情后才能做另外一件事情，只要不太过分，孩子一般都是可以接受的。说完要求后，大人可以去做自己的事情，等他做好后，问他："还需要检查吗？"学习无处不在，不只是在课堂上学习才叫学习，任何时候任何地方，我们都是可以学习的。家长检查后，孩子粗心的问题被指出来，这是为了让孩子知道，不认真检查容易导致不必要的麻烦。

对于学习而言，错题本是每天都要坚持复习的，尤其是在期末考试之前，我们可以提醒孩子整理好所有的试卷，把错题重新做一遍，语文的字词尤其应该天天积累，达到一定的量，孩子的基础知识和作文便能过关。

让我们多给孩子一些耐心，用沉默代替唠叨，用平和代替焦虑。在孩子成长的路上，跟着孩子一块成长。

追梦路上

追梦路上，很认同一位朋友的见解。她说："我愿意先把生活的角色扮演好。自己首先应是一个妻子，一个母亲，一个员工，这些都做得不错，才能是一个还不错的写作者。若生活一地鸡毛，那所谓的文学，又有何意义？"

其实，我也这么觉得。作为一名英语教师，可能有人会说，她经常在朋友圈发文章，教学怎么样呢？我想说，不好意思，近些年的教学情况，还真没太让自己失望过。

教书育人这份工作，在我的生命中，分量定是很重的。教书育人是人生修行路上的一种，写作也一样。写作是我的一个爱好，既然是爱好，那就细水长流，每天花一个小时或半个小时，总是不过分的。就像有的人喜欢偶尔抽抽烟、打打麻将、喝点儿小酒，是一样的道理。

我并不赞成有固定工作的人不认真工作，一味发展兴趣爱好，除非你的爱好可以给你富足和想要的生活，除非你已决定要转行，把自己的爱好当成主业。在我的微信朋友中，有一些是这样的。

但无论是怎样的情况，在现代竞争日益激烈的社会，我们都应坚持不断学习。人无完人，金无足赤。人有个爱好，总是好的。这样生活便不会失去乐趣，能让你感到更多美好。情绪能得到放松，心情自然更舒适。

有人喜欢瑜伽，后来成了一位瑜伽教练，虽然她的本职工作也是教师。有人喜欢画画或摄影，在业余时间拍拍照，发在朋友圈，给别人美的收获，同时也让自己收获了喜悦。

在这世界上，总有人喜欢贬低别人来抬高自己；这世界上也总有人拿别人不是事的事来说点事。修养高的人，不会和他们计较。时间久了，对这样的人就难免心生隔阂。

有人说，涓涓流淌的溪流，风中摇曳的绿叶，都会反映心情。生命如雪，看似美丽圣洁，但更多时候，你得承受随之而来的寒冷与风霜，独自咀嚼其中滋味。

每个人其实都是独一无二的，那些常在别人面前说你好的人，我们要千万记住；那些总在背后对你指指点点的人，望你远离他们。毕竟，每个人都有各自不同的困境，永远不要拿自己的想法来揣测别人，万事万物都在变化之中，人亦如此。

快乐和寂寞是生命的必经过程。如此丰富的感触，皆因我们的心是鲜活的。

爱好，如人生匆匆却有幸事。柴米油盐写作诗，把生活写成诗，把诗意过成一种生活。追梦路上，喜欢一件事，不问原因，不图名利。因为热爱，所以热爱。

不忘初心

　　人生短短几十年，我们最不能忘记的是自己的梦想，自己的初心和使命。

　　我一直觉得，阅读和写作是让人沉思的一剂良药。阅读能够改变人的思维方式，也能拓展人的视野和格局。在这个信息大爆发的时代，我们要工作，要教育孩子，要努力地为生活而奋斗，阅读能让你提高应对这些问题的能力。

　　有人说，手上有刀，心里有佛，脚下有闹市，心中有山水。我的理解是，上班积极做事，下班好好生活，有空就埋头文艺。

　　从没有想到自己会走上写作这条路，我一直觉得这只是一个爱好，一个可以持之以恒的爱好。我是从什么时候开始写作的？还真说不好。以前写的日记，做的读书笔记，数目相当可观。

　　很久以前，我不知道自己为什么能够把歌词牢牢记住。听过几遍，歌词对于我来说，烂熟于心。现在想来，这大概就是与生俱来的，对语言有一种纯天然的敏感吧。

　　那天是个好日子，我被批准加入市作协，感谢这个机会，感谢自己执着的努力和坚持。这也意味着自己将更努力地学习，感悟生活的思想和内涵。

　　当我看到这个消息时，夏天也不觉得热，中午的烦恼烟消雾散，心里充满欢喜。

　　在学习写作的路上，我带着平静的心态去面对一切。能够有所成就那当然最好，如若没有，那些看过的书，读过的故事，欣赏过的美文，都将化为我生命中的琼浆，给我力量，给我更大的动力继续努力生活、好好工作。

带着一颗初心，不畏将来，专注当下。高中以前的日子，点点滴滴浮出来。我是从初一开始写日记的，高中的作文，随意发挥便能得个高分。唯一的遗憾是，那时学业任务重，自己一心扑在学业上，较少看课外书籍。

我迷上看书是在我工作之后。我会看一些对自己工作和生活有利的书籍，以此来解决我生活中的困惑。为了克服恐惧心理，我还专门看过如何在别人面前说话不紧张、提升沟通能力、性格培养类书籍。

记得刚开始参加工作时，在乡下的一所小学任教，晚上来得特别早，我便拿起我的笔记本电脑，写日记，记下一些生命的感悟。那时，我清晰地记得，我还叫我们的领导帮我修改过一篇文章，当时领导没理我。我那时大概以为自己写得太差劲，也没好意思再去问这件事。

后来，我也时不时进行阅读，看到好的句子，也会做读书笔记，那些笔记，有的不见了，有的也曾写在会议的记录本上。

这些东西就真的对我现在一点儿用处都没有了吗？不是的，一种习惯了的自然，时时像促进血液循环一样，给我新的认识和思考。

我想长期发展写作这项爱好，是在疫情期间。那时陪孩子读书，自己也看书，想到读书对自己和他人实在有很多好处，就果断地加入一个写作班进行学习。作为一名教师，我深感语言理解的重要性，这在很大程度上也能提高自己的教学水平和教学能力，何乐而不为？

于是，我抱着坦坦荡荡的心情，抱着育人的美好期望，开始认真地学习写作。

为了检验自己的学习成果，我写了两篇疫情期间的征文，均获得县一等奖，之后一些征文比赛活动也积极参与。

疫情过后就上班了，日子过得更加匆忙。我保证每天晚上阅读二十分钟，读经典，同时写作，也坚持在各大平台发表作品。

我没给自己太高要求，都说"一口吃不成胖子"，我慢慢地提高自己。开始的时候，在平台每周坚持至少更新两篇，文章无论长短，在我有时间、有感悟时就写。那时，一气呵成的感觉真的很美妙。

有次去 KTV 唱歌，我深有感触，在某平台上发了篇文，获得很多评论和点赞，让我的自信心一下子增加了不少。

我认为，要写好文章，首先自己要有感触，能够体会到事物的美好，另外要有对生活的感悟。坚持阅读必不可少，没有一定的热爱很难坚持下去。

我看到了阅读的好处，孩子的陪伴让我不断成长。在成长的路上，写作和阅读与我相伴。

我是幸运的，生长在这个大时代，生长在可以用手机和电脑书写的时代，让我可以更便捷地输出自己的作品。我现在打字的速度得益于我年轻时手机打字练就的绝世"武功"。

感谢曾指导我、帮助我的那些可爱之人，感谢朋友们对我的鼓励和支持。我们没必要去羡慕任何人的生活，唯愿做好自己，写出更多令人满意的作品。坚持让自己和他人有所收获，让你从文字中了解到那个更好的我，也看见那个更好的你。

思念的雨夜

不知是不是今年的雨水太少，反而越来越想念雨的味道；还是自己本来就爱有雨的夜，那种适合思索或者冥想的朦胧夜晚，总会让自己陷入思念的深渊。

桂花、秋雨、江南，雨终于浓浓地下，在学校举行运动会期间开始下。我本来对这场雨有些意见的，运动会快结束的下午，到处湿漉漉的，心情有点失落。当我经过走廊的时候闻到一阵阵香味，看见桂花在雨水的滋润下更加蜜黄时，我的内心如蜜一样的甜美。

这样的天气，要是在乡村，会是做美食的好时候。乡下的妇人都不外出忙活了，在家里弄米浆，做米馃，炸薯包米馃，大家一起凑前来品尝。一个妇人跟另一个妇人或一堆妇人说，这次做的食物又比上次好了，甚至会说是她做过最好吃的一次。

桂花的香气随着风雨飘拂在空中，她们说的话是柔软的，空气中夹杂着食物的香甜和桂花的香气，仿佛比城里增加了双倍的幸福。

寻常生活的美好，有桂花，有美食，有闲聊。大家难得一起坐下来唠唠嗑，一起聊聊家长里短。这样的日子是欢喜的，没有什么要紧事，如那绵绵的秋雨般节奏缓慢。

俗世的美好，果然在乡村散落得多。

下雨了，看见雨水滴落在绿叶之中，所有的植被都被雨水净化了一般，雨水也会打在那折耳根上。

折耳根，亦是我小时候常见的一种植物，我见父亲摘下洗干净就吃折耳根的叶子，我猜，那定是一种美味。

于是，每天清晨，我常常在割鱼草的时候摘些叶子，放在快溢满鱼草的竹编篓最上边。经过水井旁，把折耳根洗净，放在嘴里咀嚼，感觉味道真的很美，是从来没有品尝过的美，咸中带点香的味道。这味道让我至今怀念。

折耳根的叶子很像狗耳朵，所以，我们都叫它"狗耳朵"。它绿得朴素，叶子比一般草的叶子大些。它的根是白色的，中间的节有黄色的根毛。那时候，我便听父亲说，狗耳朵是一种很好的草药，可以直接吃，也可以晒干泡茶喝，消炎效果好。

立春过后，我去母亲家，看见深山田边有很多折耳根，它们一丛丛，高高矮矮地站在那里。小时候常见，我一眼便认出了它。

我把它用剪刀剪下来，根有三十到五十厘米长，闻到它的味道，就是童年那令人怀念的感觉。

经常上课说话多，嗓子会受损。我摘了一些，放在篮子里，一棵棵的，像大把的绿色蔬菜。满载而归，感觉把童年的记忆都装回了家。

后来母亲帮我晒干、切碎，送到了小城的家里。我泡了一段时间喝，果然感觉到喉咙舒服了很多。

后来因为事务繁忙，常常忘记将折耳根泡水，但有折耳根飘香的童年记忆却更加清晰地萦绕在我的心间。

歌一曲　观你心

　　有人说，语言到不了的地方，文字可以。灵魂到不了的地方，音乐可以。文字的魅力，我喜欢，如音乐的魅力。

　　你是否也会像我这样，想到一首歌，就会想到有人曾经唱过这样的一首歌。

　　不论如何，那人定是在唱那首歌的时候给了我们一种感觉，他是适合这首歌的，唱出来会给人一种类似的气质。

　　以前，伤心难过时，我会通过听音乐来放松自己。青春时候的感情大多幼稚，经不起时间的检验。那时候的离开，大多是一种任性，一种对别人的误解。

　　通过音乐，我们可以了解感情的悲欢离合，了解恋爱只是人生命当中的一部分。于是，学会了释然，学会了宽容，学会了淡定对待人生的生离死别。

　　第一次听孙燕姿的《遇见》，就感觉到了那种淡淡的忧伤和对未来爱恋之人的期待，美妙的歌词加上孙燕姿特有的低沉淡然的声音，让人感同身受。那是一个还没有经历过爱恋，却又渴望着一场美丽的遇见的女孩的心声。

　　有人曾期待一个美好的遇见向她走来。后来，真的出现了。

　　《我们都是好孩子》是王筝的一首非常经典的老歌。那人，曾经历过那样一场刻骨铭心的爱恋。那时候的青春，有操场，有一个男孩陪在她的身边，看夕阳落下，他们相信彼此会永远在一起，相信他们的爱。正如那首歌唱的那样，可以永远。但是，薄荷味的笑容，也就只适合那个时候，分手的时候才知道，原来，他们都是异想天开的孩子。

周杰伦的《简单爱》，饱含着多少少男少女正在经历着美好的感情心声。那是一种多么美好的感受，多么美好的画面。相信每一个成年人都经历过那样纯纯的感情，那也许是我们生命中永远值得珍藏的记忆。

《稻香》是一首非常励志的歌曲，说出了职场人的心声，告诉我们回到乡野中，便能够放轻松，也能正确地看待人生的很多事情。让我们相信，跌倒了就爬起来的勇气是多么重要。乡间的歌谣，是我们永远的依靠。功成名就不是人生的意义。是啊，人生的意义还有很多，比如回家陪伴父母。珍惜拥有的一切，就算努力了没有预想的收获，我们享受到了中间奋斗的过程。

在课堂上，我放了一首谭晶的老歌《忘不了你呀，妈妈》，感觉就很好。听了这首歌曲，不管是学生，还是作为教师的我，都会想起自己的妈妈。也许有的同学感受并没有那么深刻，但大部分同学还是很受感动。

在那之前，学生还听了阿炳的《二泉映月》，感觉是凄美的，在这样的气氛中，孩子们感受到了阿炳二胡音乐的美。通过音乐，我们可以和作曲者的痛苦产生共鸣，甚至能回忆起自己曾经受过的伤害。这大概便是阿炳这首二胡乐曲不朽的原因吧。

被同学约出去唱歌。一群80后，唱出来的歌基本都是那个年代的，我喜欢听，但我不想从我口中唱出来。我选择了几首当下流行的歌，觉得挺好。总要有个人不同，不是吗？生活才会有些意思。

那些歌随着岁月已匆匆而过，依然存在于我们生命里的《回首》，把人生的境界表达得透彻。也有励志的歌曲，给人很深的感动。至于那些情情爱爱的歌，不知在唱这歌时，是否会让那个唱歌的人想起某个人来？

在唱歌时，我喜欢去看别人的表情和听别人的唱调，那种耳目一新的感觉是不常有的，那种心情突然明亮起来的感觉让人记忆深刻！

歌一曲，观你心。我想，你最爱的那首歌，定在你心里珍藏。

音乐的魅力是音乐的价值，总能给人很深的思考。美好的事物大多具有"侵略性"，不是入了眼，就是醉了心。

音乐入了我心，文字入了我眼，在日常琐碎的生活和工作中，我发现了更多的美好。

距离以外的美

朱光潜在《谈美》中讲述了艺术与人生的距离。他说，新奇的地方都比熟悉的地方美，东方人初到西方，或是西方人初到东方，都往往觉得面前景物件件值得玩味。本地人自以为不合时尚的服装和举动，在外地人看，却是往往有一种美的意味。

由此说来，换个角度看风景，换个角度看待身边事物，会有不同的心境和感受，我常这样做。在不同的季节去欣赏附近的地方，感觉像是第一次来，能增加很多兴致。

自然有很多奥秘，我们去同一个地方，带着不同的心情，或和不同的人一起，心情和感悟便也不同。因这缘故，很多景致，去过一次，我常认为自己不能全部了解。美的地方，合意的场景，我会多角度去欣赏。当我这样做时，我能感觉到那个地方更多的魅力。

也许是之前的疫情让我不得不进行这样的思考；也许是孩子的牵绊，近些年没去过远的地方旅游，并且，出去时，我们常常要考虑到全家人的喜好。

对于一个有孩子的中年女子来说，若能有自己的独立空间和时间，已觉是非常幸福的人，还想去奢求其他吗？

从不同的侧面来看，我们的人生，我们所处的环境有很多都是美好的。

观念和态度的差别，让人的感受截然不同，游历的心境最容易现出事物的美，那本不是一种高级的需求。

能欣赏身边的风景，才能真正欣赏身边的人和事物。或许，这才是我们应该不断去修炼的人生境界。

　　一般人很难把切身的经验放在一种距离以外去看，情感尽管深刻，经验尽管丰富，终究不能创造艺术。把自己放在距离以外去看待一切，才有可能创造出更有价值的东西。

心若有光，自会成长

你有时会不会觉得人心复杂，不如看一朵花、一朵云简单，那才是世界上最幸福的事？你会不会在某个瞬间在意别人的眼光？那些不被别人理解的伤，只能在夜晚自愈？

遇到需要耗费自己很多脑细胞去思考的事，去看看山、看看水也许会峰回路转，自然风光才是这世界上最朴实的一剂良药。

自然对谁都一样，山风秋月，本无常主，闲者便是它们的主人。在俗世的人间，一个地方往往有一位主人，他们在有限的空间看人生潮涨潮落。

也许看花看草看久了，感觉它们是我的朋友；也许是初入社会，感觉对人心还了解不够，才会甚感忧虑。

让自己沉迷山水的世界、草木的世界，流连忘返，可以忘却那些尘世的烦恼。

你说，我该如何去思量这一切？许多人为了利益不择手段；你说，我该如何遗忘匆匆过往，流言肆意泛滥的日子？

我的生活，仍然会有一束光，清晨照过我窗台，告诉我新一天的意义在何方。夕阳依旧明亮，闪耀着金光，提醒我要注意修行，不被那无心者打乱该有的节奏。

白天的光芒，是为了我此刻的沉思吗？不就是为了告诉我，生活不只有黑夜，还有白日无穷的美景吗？

该出去走走。步行穿过十字路口旁的小广场，望见艳丽的三角梅，它们似乎在笑我，为何一下子就失去了生活的力量？它们坚定地告诉我，这一切是每个人必须经历的伤，像它们的姐妹——蜡梅，在寒冬中开放，耐得住北方的寒冷。它们点头低语："人应像植物一样坚强。"

不虚此行，树旁的一丛低矮紫薇也在教育我，不要在意一时的忧伤，忧伤教会我们坚强。自己心中的未来，别人岂可阻挡？

突然明白，山水、草木、夕阳、晚霞，都是生命中遇到的光，它们指引我探寻远方的美好世界。慢慢来，学会欣赏美丽晨曦和午后孩子玩耍的时光。

听一首优美的曲调，练习一段瑜伽，是不是我生活的一束光？和朋友一起出去散步，看远方的江水在夏风中微波荡漾，是不是一束美丽的夜光？静下心来，看几页课本，寻几页诗意的文章，是否也是洗净我烦躁心灵的光？

在我受到挫折时，我才明白，生命中的光教我成长，教我学会欣赏：生活不只有挫折，还有诗意和美好在前方等着我们。

过滤那些不美好的事情，专注于美好的事物，把美好留下，在人生的拐角处像蜡梅那样坚强。

给点阳光会更灿烂

自从夜景灯关闭一半以后，我忽然觉得小城的黄昏是最美的。西方的天空一片朦胧的亮光衬着一方紫色的晚霞，水天相接处呈现灰蓝的暮色，有种模糊的美感。

夜晚，只有一边路灯的街道，多是一种黑暗的单调，仿佛不再有充满魅惑的色彩。

走到树底下的昏黄，我感触到的是压抑的灰色调，让人忍不住想回头继续在家看书，还能寻到更多的光亮。

傍晚便不同，特别是有阳光的傍晚，三五知己同行，经过犹江桥头，望一望江面的浩渺，带着初冬时候的点点冷清，很容易让人察觉到闲暇时光的美好。

在那里，人们有的散步，有的骑着电动车或者是开车去接小孩，也有老人在树底下下象棋，夕阳的光辉洒落到他们的脸上，仿佛镀上了一层金色的清朗之光。

我想到了傍晚时分出现的初冬之阳，它让人觉得温馨而又自在。

曾几何时，我们说：不要给点阳光，你就灿烂。但我到现在才发现，人的确容易受环境的影响。比如，今年因为冷得更慢，很多花儿开放得迟；比如，今年小城的雨水更少，很多庄稼收成都不佳。不得不说，阳光雨露如何分配，对植物和人类都有不小的影响。

我并不认为"给点阳光，你就灿烂"这句话有什么值得辩驳的，无非是告诉人们一个道理：人不应该骄傲，不应该因为别人的一点赞美而高兴不已。

　　而如今，不得不说，给人们一点阳光，确实心情会灿烂一些。多数时候，冬日里的暖阳总是会让人开心一些。天气晴朗的日子，朋友们晒朋友圈都比平日更多。暖阳仿佛一句鼓励的话，可以让人更有勇气地向前，所谓"良言一句三冬暖"。

　　近段日子，有多少个自杀的案例在你的记忆中出现呢？也许是你身边的人，也许是你认识的，也许是你在新闻中看到的。无疑都说明，当今社会生活着的人们，心越来越脆弱了。看似坚强，其实每个人都有那么一瞬间濒临崩溃。

　　身边的朋友，也许都听说过"心理问题"这个词。心理问题小则影响自己的生活，重则让人想到轻生。在这个快节奏的社会，很多人是需要这点阳光般的鼓励的；但是在现实的生活或者工作中，却很难关注到这一点。

　　很多时候，我们少有正面教育，领导或家长常常挑毛病、找问题。在激烈竞争的现代社会，人与人之间出现的一些沟通方面的问题，很少有人能真正做到考虑别人的感受。

　　也许这是当今社会和生活的一个弱点，很多时候，我们仿佛比从前的岁月更需要那点阳光。这点阳光，不足以让我们灿烂。可是，有时却可能挽救一个人的性命，甚至能让这个人更好地生活下去。

　　有人说，每个人多少都会有点心理上的问题，只是大部分可能是轻微的，被日常的琐事覆盖了自己内心真正的需求。

　　这也许就是很多人选择写作的原因。写作可以治愈自己的内心，也会让自己想起之前苦恼的时候。通过写下自己的感受来排解心中的压力，是一种治愈自己的好方法。读书和写作，能让自己更好地明白自己的感受，也能让他人更好地了解自己。

　　社会在发展变化，每个人的生活依然有不完美的一面，我们不能去改变别人，我们唯一能改变的便是我们自己。

带着一颗阳光的心，给别人点滴温暖，让别人知道，你也曾经困惑，那么他也就多了一个伴；让别人知道，你也奋斗过，那么他便明白了努力的意义；让别人懂得你的感受，他便懂得，每个人的心境其实是那么的相同。

我们都在同一个星空下，虽然人生不同，却有着相似的经历，相似的感受，这样我们就是一个群体了，没有必要去羡慕，更没有必要去嫉妒。

有人说，痛苦的时候，去医院、建筑工地等一些能够让你深刻地体会到活着是多么不容易的地方，那你会更加明白生活的意义。

《如果还有明天》是薛岳最后一首歌曲。得知自己时日无多后，薛岳坚持要策划最后一张专辑《生老病死》。

我仿佛看见了一种全新的生命，在生命的最后，坚持给别人阳光般的勃勃生机。正如薛岳所说："生命没有走到终点之前，会发生什么事情，你永远不知道。"

不管明天有没有太阳，我们都要灿烂一些。当然，若有阳光般的鼓励相伴，我们也许会走得更远。

文字煮烟火

对于文字，有种无言的热爱，那些我不愿意被别人窥见的心事，一桩桩，一件件，都交给了键盘，让它们从我指尖弹出或美妙、或安慰、或低沉的音符。

写下一百篇文章后，感觉整个人对文字更有热情，对待生活更加积极进取。很多时候，我在书中和古人对话，和名人交流，学到很多以前没学到的知识。

在这段时间里，除了写散文、写教育随笔，我还坚持写一些自娱自乐的小说，有些也许没头没尾，杂乱不成文。我手写我心，不也是一种乐趣？

慢慢地，我发现文字真的有一种神奇的力量，它可以指引人到更高的精神世界去遨游。文字是我的朋友，它让人间充满更多烟火气。缘于文字，我结识了许多爱好文字的朋友，他们孜孜不倦的追求给我无限动力，他们对文字的喜爱，让我始终和文字不离不弃。

和作家或热爱文字的朋友交流起来没障碍，他们都很坦诚。在他们的世界，对待人和事，有一颗宽容的心。

以前的社会，没人能随便成功，现在的社会，更是如此。唯有热爱，才可抵岁月漫长。

倡导健康生活的今天，每个人的生活节奏多少有些不同。

从爱上写作开始，我觉得自己的身体好了很多，尤其是慢性病咽喉炎得到了缓解。因为坚持阅读和写作，遇到任何事情，心态更好了，有了更好的精神面貌。

现在各写作平台，给创作者很多机会，这也让我不断成长，不断积累，终有成绩。

春日里，阳光明媚，百花盛开，我的心情也在这个春天得到滋养。

写下自己的心绪，收获不一样的幸福；写下自己的感受，在书中畅游。静坐可以让人醒悟，深思会让人得到提升。

如果你也喜爱文字，建议多阅读，感悟会从心中溢出。

如果可以，我愿一直读下去、写下去，给别人前进的力量，也给自己丝丝温情。

我是个重感情的人，感情是自己唯一的需求，是生命的延续，是生活的渴望，是爱的需求。

我们都曾炽热地爱过一个人，曾那么忠诚地去追寻他的脚步，义无反顾。

我们知道，再没有那样一个人，可以让我们一门心思，只想和他在一起，无论贫穷还是富有，无论身在何处。

也许那时只是太无聊，简单的生活让我们没有任何感情的牵绊，才会像飞蛾扑火一样，宁死不屈地去跟从。

也许那时只是太年轻，青春的荷尔蒙太过旺盛，以至于我们都不知如何去呼吸别处的新鲜空气。

我可以一个人工作很久，定要达到那个目标，义无反顾。谁都可以不睬，谁也不要打扰我。我是那样着迷于自己的天地，我是那样快乐，在自己的领域尽情施展自己的能力。

没人打扰，也很好。我可以安静地看书，安静地听歌、看电影……一个人出去散步也很美妙。

每个月固定有一两天，我的心情会暴躁、易怒，有些思绪得不到排解。

像是有一滴泪，不知道该怎样让它流下来；也像千万条滚烫的河流在我的眼睛里，一阵灼热，让我痛苦欲哭。

寻找到一个点让自己发泄，安静地躲起来，大哭一场。用文字诉说所有烦躁，安静地睡一觉就好。明天清晨醒来，我还是那个精神抖擞的人。

其实，我是一个内敛的人，朦胧产生美，每个人的内心，不会透明地展示在旁人面前。

我不是太了解我自己，在写作这条路上，我的初衷是为了认识我自己，后来是为了学习更多的知识，现在是为了提升能力和修养。

实践证明，文字可以带给我想要的感觉。我喜欢的神秘、优美和高雅，文字里都有。

继续在文字里畅游，更好地了解我自己；继续写下去，长久给朋友们带去温暖和美好的感动。